KB093211

# 굴뚝의 기사

서대경

# 굴뚝의 기사

서대경

**PIN**
**047**

# 차례

PIN

047

# 굴뚝의 기사

서대경

시

# 원숭이와 나

함박눈 내리는 밤
원숭이와 나
도깨비 선생 댁 처마 아래
쪼그려 앉아 담배 피운다

드르륵 창문 열리는 소리
소복소복 쌓이는 흰 눈 위로
도깨비 선생 뿔 그림자
털북숭이 팔 그림자

서 선생, 눈 구경 나오셨소

원숭이가 내 어깨 위로 뛰어올라
내 머리 위에 앉아
도깨비 선생과 악수하고

거 하늘 좋다, 저승길이 환하구먼!

도깨비 선생 쩌렁쩌렁 울리는 목소리
도깨비 선생 가래 뱉는 소리
드르륵 창문 닫히는 소리

한밤이 다 가도록
나붓나붓 떨어지는 눈 그림자
도깨비 선생 댁 처마 아래
원숭이와 나
쪼그려 앉아 담배 피운다

## 요나

요나, 들어보렴, 검은 밤 검은 나뭇가지, 도로의 불 밝은 곳으로, 우리의 죽음이, 긴 꼬리를 끌며, 어둡게 반짝이며, 멀어져가고 있어, 그해 추운 겨울, 갈 곳 없던 우리는 순환선 열차를 타고서 밤새 도시를 떠돌았지, 기나긴 터널을 빠져나오면, 멀리 우뚝 선 철탑 위로 새까만 어둠이, 날갯짓하는 새처럼 몰려들곤 했었어, 눈 감으면, 은빛 가시처럼 쏟아지던 잠, 우리는 온기를 뺏기지 않으려, 안으로 안으로 파고드는 병든 병아리 같았지, 졸음과 추위 속에서, 서로의 손 더듬어 찾으며, 그날 밤은 왜 그리도 길었을까, 수많은 역들이 흘러갔어, 허연 김을 내뿜으며, 차량 문이 열릴 때마다, 너는 내 품속에서 놀라며 깨어나곤 했지, 여기가 어디지, 너는 속삭였어, 그러면 나는 너의 귀에 속삭였지, 요나, 들어보렴, 서로의 잠을 들여다보며, 너와 나는 요나가 되어,

시간의 푸르스름한 숨소리를 들었지. 우리는 졸렸고, 우리는 깨어 있었고, 우리는 그 뒤로 달이 지나가는 구름처럼 환했어. 요나, 어두운 요나, 나부끼는 잠, 너는 듣고 있었지. 요나, 들어보렴. 그날 밤 천사의 눈처럼 우리를 응시하던 대기의 정적, 너의 눈 속으로 뻗어나가던 검은 나뭇가지, 대합실의 추위, 선로의 호각 소리, 숱한 터널의 어둠 속에서, 너는 눈을 떴고, 너는 나를 바라보았고, 요나, 너는 손을 뻗어 나의 눈을 만졌지, 어둠 속에서, 요나, 너는 미소 지었고, 나는 눈을 감았지

## 사유 17호

사유 17호는 언제나 동네 17번 마을버스 정류장을 떠나지 않았다. 그를 처음 만난 것은 내가 이 동네에 이사 온 지 얼마 되지 않은 어느 비 오는 여름날 정류장에서였다. 사유 17호는 불붙이지 않은 담배를 입에 물고 차양 끝에 엉긴 물방울을 물끄러미 바라보고 있었다. 때 절은 양복 차림에 비트겐슈타인의 『철학적 탐구』가 옆구리에 끼어 있었다. 안녕하십니까, 선생님 그가 말했다. 그곳엔 그와 나 둘뿐이었으므로 나는 네, 안녕하십니까 대답해주었다. 비가 내리는군요, 그가 말했다. 그렇군요, 내가 말했다. 어제도 비가 내렸습니다. 장마 기간이니까요, 내가 대답했다.

퇴근 후 정류장에 내렸을 때도 사유 17호는 그 자리에 앉아 있었다. 불붙이지 않은 담배를 물고 차양 끝을 바라보고 있었으나 그곳엔 더 이상 물방울이 맺혀 있지 않았다. 안녕하십니까, 선생님. 그가 말했다. 네, 안녕하십니까. 나는 그를 지나 구멍가게에 들어가 담배를 샀다. 안녕하십니까, 선생님. 가게 밖에서 그의 목소리가 들려왔다. 그래, 자네도 잘 있었나. 중학생쯤 되어 보이는 사내아이가 낄낄거리며 말했다. 그 친구로 보이는 아이가 사유 17호의 입에 물린 담배에 불을 붙였다.

다음 날도 비가 왔다. 사유 17호는 불붙이지 않은 담배를 입에 물고 차양 끝에 엉긴 물방울을 보고 있었다. 안녕하십니까, 선생님. 네, 안녕하십니까. 내가 대답했다. 비가 내리는군요. 그렇군요. 어제도 비가 내렸습니다. 나는 말없이 버스에 올랐다. 차창 밖으로 차양을 올려다보는 그의 치떠진 눈을 바라보았다. 그 눈을 바라보는 동안 나는 자신도 모르게 몸을 부르르 떨었다. 그리고 동네 사람들이 왜 그를 사유 17호라 부르는지 이해할 수 있게 되었다.

그의 존재에 익숙해진 지 반년쯤 지난 어느 날 사유 17호는 사라졌다. 동네 사람들 사이에서 그가 사라졌다는 소식이 잠시 떠돌다 곧 잠잠해졌다. 나는 그가 앉아 있던 붉은색 플라스틱 의자에 앉아보았다. 차양 끝을 올려다보았다. 고드름이 맺혀 있었다. 안녕하십니까, 선생님. 비가 내리는군요. 혼잣말을 하다가 피식 웃음이 나왔다. 담배를 입에 물고 라이터에 몸을 기울이는 순간 버스 차창 안에서 나를 바라보는 시선이 느껴졌다. 나는 그가 사유 17호임을 알아보았다. 그는 넥타이를 맸고 머리를 멋지게 빗어 올렸으며 한쪽 옆구리엔 검은 가죽가

방을 끼고 있었다. 버스가 출발했다. 나는 그의 무
표정한 시선 위로 빠르게 스쳐 가는 경멸 어린 미소
를 놓치지 않았다.

# 고아원

어느 날 문이 열렸고, 그 애가 거기 서 있었어. 굴뚝의 기사. 안으로 들어선 그 애는 재빨리 벽을 기어오르기 시작했어. 침침한 형광등 불빛이 아이의 그림자를 길게 늘어뜨렸고 그것은 잿빛 벽 위로 망토 자락처럼 어둡게 일렁였어. 그 애는 천장 가로대 위로 올라서더니 구석에 몸을 웅크린 채 우리를 내려다보았어. 우리는 그 애를 올려다보며 소리를 질렀어. 원장이 쾅쾅 벽을 두드렸고 경찰 제복을 입은 사내가 공장 굴뚝에 숨어 있던 놈을 잡아 왔노라고 원장에게 말하고 있었어. 우리는 계속 소리를 질렀어. 입 닥쳐, 원장이 소리쳤어. 더러운 고아 새끼들. 고아 새끼들! 고아 새끼들! 우리가 합창했어.

날마다 새로운 아이가 우리가 되기 위해 이곳에 왔어. 날마다 새로운 잿빛 침대가 펼쳐졌고 원장은 그것을 가리키며 누우라고 했어. 그러면 아이는 누웠고 곧 우리가 되었어. 우리가 전부 몇인지는 알수 없었어. 우리의 얼굴은 똑같아 보였고 우리의 목소리도 똑같게 들렸어. 똑같은 잿빛 침대 위에 우리는 누워 있었어. 이층에도, 삼층에도, 벽을 두드리고 고함을 지르는 우리가 있었어. 하지만 그 애는 우리가 아니었어. 그 애는 우리를 내려다보고 있었어. 침대 밑으로 드리운 우리의 그림자들이 일제히 쥐처럼 찍찍거렸어. 더러운 쥐새끼들! 원장은 소리쳤어. 그 애는 우리를 내려다보고 있었어. 천장 가로대의 어둠 속에서 그 애의 눈이 이따금 깜박이는 소리가 들렸어.

우리는 잠들어 있었어. 꿈속에서 그 애가 가로대를 붙잡고 살금살금 천장을 가로지르는 소리가 들렸

어. 어느 순간 불길이 타오르는 굴뚝 안에 그 애는 있
었어. 그 애는 기어오르기 시작했어. 차가운 재가 잠
든 우리들의 머리 위로, 어깨 위로 내려앉았어. 아이
의 숨죽인 웃음소리. 뜨겁지 않니? 꿈속에서 우리는
속삭였어. 불길 속에서 그 애의 검은 망토가 펄럭였
어. 그 애가 타오르는 손을 펼쳐 우리에게 손짓했어.
굴뚝의 기사. 그 애는 굴뚝 내벽에 어른대는 작은 당
나귀 그림자 위에 올라탔어. 당나귀의 갈기가 타오
르고 있었어. 우리도 태워줘, 우리도 태워줘. 그 애의
불타는 어깨가 굴뚝 아래로 노래하듯 떨어져 내렸어.
멀어져가는 웃음소리. 그 애의 다리가, 타오르는 팔
이 노래하는 새처럼 아래로 떨어졌어.

　　다음 날 아침 차가운 복도를 맨발로 걸어가는 내
가 있었어. 내 시린 발바닥이 있었어. 유리창에 비

치는 내 얼굴이 있었어. 침대들 위에는 흰 천에 덮여 있는 내가 있었어. 나는 문을 나서며 마지막으로 고개를 돌려 그들을 바라보았어. 경찰차와 구급차가 고아원 마당에 모여 있었어. 바람에 날리는 눈가루가 햇빛을 받아 반짝이고 있었어. 요나. 원장이 내게 그렇게 말했어. 여덟 살. 여자아이. 나는 처음 들어본 내 이름을 중얼거렸어. 굴뚝 그림자가 눈 위에 드리워 있었어. 굴뚝 꼭대기에 걸터앉아 다리를 흔들고 있는 내가 있었어. 나는 고개를 돌렸어. 원장의 손을 잡고서 나는 내 부모가 될 사람들 앞으로 걸어갔어.

# 소설가

1.

독자들은 이른바 은둔형 작가로 불리는 그에 대해 거의 아는 바가 없을 것이다. 특히 그가 비유적인 의미에서가 아니라, 실제로 피를 마시는 자라는 것, 오직 피에 취해 있을 때에만 글을 쓸 수 있는 자라는 사실을 아는 이는 극소수에 불과하다. 이 세상에 얼마나 많은 흡혈귀가 살고 있는지는 모르지만 그는 실제로 내가 아는 유일한 흡혈귀인 셈이다.

지극히 비사교적이며 괴팍한 성격으로 알려진 그와 친구가 될 수 있었던 것은 내가 담당 편집자의 자격으로, 마감 시한을 훌쩍 넘긴 원고를 받아내기 위해 그의 '은거지'에 직접 찾아갔던 어느 날 밤, 그의 방 천장에 거꾸로 매달려 잠들어 있는 박쥐들을 목격하게 된 덕분인지도 모른다. 나는 파지들이 어지럽게 흩어져 있는 바닥에 엉거주춤 앉은 채 불 꺼진 방 안으로 비쳐드는 달빛에 드러난 그의 굳은 표정을, 그리고 그의 눈에 어려 있는 검은 피의 취기를 말없이 바라보았다.

그가 마시는 게 박쥐의 피라는 사실을 알게 된 것도 그날 밤이었다. 그는 실제로 인간의 피가 아닌 순수한 박쥐의 검은 피만을 원하는데, 가끔 내가 목덜미를 들이밀며 한 모금 해보시라 농을 걸면 번번이 질색을 한다. 피가 거기서 거기지, 내가 말하면 그는 들은 척도 하지 않고 양복저고리 안에 숨겨두었던 박쥐를 양손으로 움켜쥐고는 그것의 등에 이빨을 박아 넣었고, 그러면 박쥐의 날개가 그의 뺨을 가늘게 때리며 버둥거리는 것이었다.


2.

당연하게도 그는 책이나 영화에 등장하는 여느

흡혈귀들 같지는 않았다. 피를 마신다는 것 외에는 다른 소설가들과 그다지 다를 게 없다고 느껴질 수도 있다. 성격이 괴팍하다고 하지만 내가 경험한 바로는 사람을 대하는 방식이 서툴러서 생긴 오해에 가깝다. 한 가지 내가 알아 온 작가들과 그가 다른 점이 있다면 그것은 그가 다소 독특한 종류의 외톨이라는 것이다. 이를테면 그가 말하고 있을 때(그는 낯선 사람 앞에서는 심하게 말을 더듬지만 익숙한 상대와 대화할 때는 달변이 된다) 나는 언제나 그의 의식이 여전히 침묵하고 있음을 느낀다. 그의 얼굴에 천천히 표정이 떠오르는 것을 내가 지켜볼 때 그 역시 그것을 지켜보고 있는 듯하다. 간단히 말해서 그는 그 자신에게서 멀리 있다. 그런데 어느 겨울밤 그가 요나라는 여자에 대해 이야기하고 있었을 때, 나는 그의 의식의 입술이 달싹이는 것을 느낄 수 있었다.

우리는 어느 술집의 이층 테이블에 앉아서 창밖으로 내리는 눈을 바라보고 있었다. 멀리 불 켜진 사무실이 바라다보였다. 그가 평소에 알고 지낸다는 여인이 오기로 되어 있었다. 요나라는 이름을 가진 그녀는 창밖으로 보이는 건물 어딘가에서 근무한다고 했다.

「나는 그녀를 좋아한다네」 그가 말했다.

「별일도 다 있군」 내가 말했다.

「그녀는 시를 쓴다네. 그리고 그녀는 이 도시가 자신이 꾸는 꿈이라고 생각하지. 다시 말해서, 자네도 나도 그녀가 꾸는 꿈의 일부라는 거야. 지금 이 순간도, 창밖으로 내리는 저 눈도 말일세」

「그 꿈에서 나는 좀 빼줬으면 좋겠는데」 내가 말

했다.


3.

얼마 뒤 그녀가 왔다. 그녀의 몸에서 희미한 눈 냄새가 풍겨왔다. 친구의 말에 따르면 그녀는 이 도시의 고아원에서 나고 자랐다고 했다. 문득 그가 최근 지면에 발표한 '고아원'이라는 단편이 떠올랐고, 그녀에게 그것을 읽어보았느냐고 물었다. 그녀는 말이 없었다.

나는 그녀의 눈이 이곳이 아닌 다른 어딘가에서, 이를테면 창밖의 허공 어딘가에서 나를 내려다보고 있다는 생각이 들었다. 나는 그녀의 눈 속에 비친 내 얼굴이 천천히 잿빛으로 흐려져 가는 것을 보았다. 나는 친구 쪽으로 고개를 돌렸다. 그는 알 듯 모를 듯한 미소를 지으며 창밖을 바라보았다. 그의 흰

와이셔츠 위로 흐릿한 눈 그림자가 느릿느릿 흘러
가고 있었다.

눈이 그쳤다. 우리는 그녀를 떠나보내고 술집을
나와 흰 눈이 쌓인 거리를 걸었다. 가끔 친구의 양
복저고리 안에서 박쥐가 날개를 퍼덕이는 소리가
들렸다. 멀리서 헌책방 불빛이 눈에 들어왔다. 그
맞은편엔 오래전에 폐쇄된 고아원 건물이 여전히
검은 형체로 서 있었다. 우리는 헌책방 앞 벤치로
다가가 눈을 쓸어내고 그 위에 앉았다. 잠시 후 건
너편에서 고아원 문이 열리더니 한 어린 소녀가 밖
으로 나오는 것이 보였다. 반쯤 열린 문틈으로 고아
원 마당에 쌓인 눈이 싸늘한 빛을 뿜었다.
　소녀는 우리 쪽을 보고 있었다.
　「그녀 얘기로는 저 아이도 요나라네. 그녀는 저

아이가 그녀 자신이라고 진심으로 믿고 있어. 아무 래도 그녀는 나만큼이나 미친 게 분명해」웃음을 터뜨리며 그가 말했다. 「하지만 그녀의 눈, 그녀의 눈은 진짜지. 자네도 봤겠지, 모든 걸 꿰뚫어 보는 듯한 그 눈을 말일세. 그리고 저 아이의 눈은 요나 의 눈을 꼭 닮았군」

　「내가 보기엔 그녀의 눈도, 그리고 저 아이의 눈 도 자네의 그 박쥐의 눈을 닮았네」친구의 어깨 위 에 도사린 박쥐를 건너다보며 내가 말했다.

　소녀가 돌아섰다. 우리는 고아원 안으로 들어서 는 소녀의 뒷모습이 달빛으로 반짝이는 것을 말없 이 바라보았다.

## 화장실의 침묵

눈이 퍼붓는 밤
너의 눈에 깃든
화장실의 침묵
너의 도피처
화장실의 침묵
창으로 공사장 마당이 내다보이는
바닥이 잘 마른
수도가 끊긴
새벽에
너의 도피처
황혼에
겨울의 흰 피로 얼룩진
화장실의 침묵
담배 연기 자욱한 너의 눈동자
너는 수시로 들어간다

노크할 수 없는

너의 도피처

왜냐하면 문이 없으니까

너의 눈에 깃든

눈이 퍼붓는 밤

화장실의 침묵

통근 전차를 타고

사람들과 명함을 교환하고

애인과 만나 강변을 걷고

극장의 어둠 속에 앉아 있을 때에도

너는 그곳에 서 있다

너의 도피처

수도가 끊긴

창으로 공사장 마당이 내다보이는

바닥이 잘 마른

화장실의 침묵

# 머리들

꼼짝 않고 있기, 어느 머리의 비명이든. 들어봐.
멀리. 가까이. 우리는 도망 중이었다. 우리는 둘이
고 때로 셋이었다. 우리는 심야 만화방에 앉아 있었
다. 우리는 야시장의 인파 속에 있었다. 우리는 고
가도로 위에 있었다. 여름밤의 열기와 악취가 우리
앞에 있었다. 우리는 카페에 들어가 철공소 마당으
로 나왔다. 도박장 뒷문으로 들어가 부둣가로 나왔
다. 거기 있어? 멀리. 가까이. 네온사인 불빛이 땀
으로 번들거리는 우리의 머리들을 도드라지게 했
다. 우리는 전차 손잡이를 쥐고 서서 차창에 비친 우
리의 머리들을 바라보았다. 우리는 도망 중이었고
우리가 도망 중이라는 것을 항상 의식하고 있던 건
아니었으나 우리가 도망 중이라는 것을 떠올릴 때마
다 우리는 도망했다. 거기 있어? 가까이. 멀리. 우리
는 여관으로 들어가 이발소로 나왔다. 목욕탕으로

들어가 기차역으로 나왔다. 무덤으로 들어가 새벽
으로 나왔다. 우리는 둘이고 때로 하나였다. 기차가
떠나고 역의 불빛이 꺼지고 굴다리 아래 쓰레기 태
우는 불길 곁에 내가 있었다. 들어봐. 멀리. 가까이.
꼼짝 않고 있기, 어느 머리의 비명이든.

## 술꾼들

별들이 한쪽으로 환하게 기울어 있는 어두운 밤
하늘, 눈 덮인 좁은 골목을 느릿느릿 가로지르던 전
차가 전깃줄에 파란 불꽃을 일으키며 멈춰 선다.
「왜 또 멈추는 거야」 술 취한 사내 셋이 전차 난간
에 나란히 기대어 선 채 투덜거린다. 「선로가 얼어
붙었어. 차장이 곡괭이를 들고 내려서는군」「여긴
또 어디야? 언제 이런 동네가 생긴 거야? 밤만 되
면 어디가 어딘지 알 수가 있어야지」 사내들이 부
르르 몸을 떨며 옹송그린다. 그들의 입에서 뿜어져
나오는 하얀 입김이 그들의 붉은 얼굴을 지우고 다
시 드러내기를 반복한다.

「그래, 저쪽으로 가면 유곽 골목이야. 한번은 술
한 잔 걸치고 재미 좀 보려고 저 길로 들어선 적이
있었는데, 어둠 속에서 서커스 광대 옷을 입은 난
쟁이들이 나타나더니, 나리, 술 한잔합쇼, 그러면

서 나를 잡아끌더라고. 그래서 내가 뭐라고, 이놈들, 뭐라고, 호통을 놓다가는 어어 그럴까, 그럴까 하고 따라나섰지. 그놈들이 이끄는 대로 못 보던 모퉁이를 돌아가니 환한 백열전구가 담장에 주렁주렁 매달려 있는 길이 나오더군. 웬 다리 없는 병신 꼬마 놈이 목에 껌 통을 맨 채, 배에 댄 타이어를 밀면서 눈 녹은 물로 질척거리는 길바닥 위를 기어다니고 있었어. 난쟁이가 서커스 분장실에서 쓸 법한 이상야릇한 거울이 앞에 붙은 간이의자 위에 나를 앉히더니 꼬챙이에 꿰인 고기와 술을 가져오더군. 거울 속에 내 얼굴이 비쳤는데, 이상하게도 거울 속의 나는 타오르는 혀처럼 붉은 서커스단 조끼를 입고 있었어. 나는 마시고, 또 마셨지. 그러는 동안 거울 속의 나는 알 수 없는 말을 중얼거리고, 킬킬거리며 웃고, 고개를 돌려 술을 더 가져오라고 소리를 지르더군. 손에 들린 검은 채찍을 바닥에 내리치면서 말이야」

어디선가 호각이 울리고 멀리 시계탑에서 어둡고 둔중한 소리가 한 번 짧게 울린다.「벌써 한 시야. 매일 밤이 이런 식이지. 자네들은 이 도시에 온 지 얼마나 됐나? 이 도시의 길들은 죄다 미친 길들이야. 밤만 되면 전차 선로가 제멋대로 바뀌어 있다니까. 이게 다 지겹게 퍼붓는 망할 눈 때문이야」 다른 사내가 몸을 부르르 떨며 말한다.「그건 그렇고 나도 난쟁이들을 따라가 본 적 있어. 자네들도 알겠지만, 난 매사에 자제력이 있는 편이지. 그래서 이 놈들 어디 한번 실컷 속여보라지, 하는 마음으로 거울 앞에서도 술은 마시지 않았어. 나는 이놈들의 속임수를 훤히 알고 있으니까. 거울 속의 사내도, 이봐, 저놈들이 어떤 수작을 부리려는지 두고 보자고,

그러면서, 팔짱을 끼고 미소를 짓더라고. 그래, 한 잔 정도, 한두 잔 정도는 마신 것 같지만 아예 안 마신 것이나 다름없었어. 그러고 있으려니까 거울 속에서 막대기 위에 접시를 올려놓고 빙글빙글 돌리는 묘기를 부리는 난쟁이가 나타났는데, 그 난쟁이를 보더니 거울 속의 사내가 벌컥 화를 내며 벌떡 일어서서 그 난쟁이를 와락 밀어버리는 거야. 접시가 와장창 박살이 났지. 그 순간 거울 속 천막 휘장을 들치고 경찰 놈들이, 그래 맞아, 그놈들과 한통속인 것인지, 손에는 술병을 들고서, 비틀거리며 무슨 일이냐, 무슨 놈의 사달이 났느냐, 그러면서 걸어 나오더라고. 그 참에 난 자리를 박차고 일어나 내 바짓단을 부여잡는 껌팔이 꼬마 놈을 걷어차고는 그 골목을 떠났지」

「나도 그때 접시 돌리는 놈을 밀어버릴 걸 그랬지」

전차 난간 밖으로 오줌을 갈기고는 바지를 추켜올리며 옆의 사내가 말한다. 「별들이 사라진 걸 보니 또 한바탕 눈이 쏟아지려나본데. 차장이 올라탔나? 이놈의 쇳덩이는 움직일 생각을 않는군. 나도 그쯤에서 일어서야 했는데. 형씨, 먼저 일어나겠소. 어느 순간 거울 속의 내가 붉은 광대 모자를 머리에 쓰면서 그러더군. 날 엉망으로 취하게 만들어놓고는 혼자 재미 좀 보러 가겠다는 수작인가 싶더라고. 괘씸해서 자리에서 일어서려는데 몸이 도무지 말을 듣지 않더군. 난쟁이들이 담장에 붙은 백열전구들을 뜯어 상자에 넣고 있었어. 실컷 욕이나 퍼부으려는데 머리가 핑핑 돌기 시작하는 거야. 그러고는 쓰러져 잠이 든 것 같은데 다시 눈을 떴을 땐 내 방 침대 위에 누워 있더라고. 출근해야 할 시간이었어. 그래서 가방을 들고 집에서 나와 전차를 타러 역으로 걸어갔지」

눈발이 희끗거리기 시작한다. 줄곧 말이 없던 마지막 사내가 눈을 가늘게 뜨며 금속성으로 번득이는 어두운 하늘을 한번 올려다보고 친구들 쪽으로 시선을 향한다. 「난 자네들이 부러워. 자네들도 알다시피 난 아무리 마셔도 제대로 취해본 적이 없거든. 꿈속에서든, 꿈밖에서든 마찬가지지. 그때 난 유곽 골목의 어느 쇼윈도 앞에 서 있었어. 그곳에서 붉은 모자를 쓰고 서커스단 조끼를 입은 자네들이 서로에게 고함을 지르는 걸 보았지. 자네들이 휘두르는 채찍이 어둠 속에서 대가리를 치켜든 두 마리 뱀처럼 으르렁거리는 모습을 지켜보았어. 날이 밝아오고 있었지. 고가도로 위로 사무원들을 실은 전차가 지나가고 있었어. 나는 돌아서서, 골목을 가득 메운 음울한 난쟁이들의 대열을 헤치며 천천히 그곳을 빠져나와 전차 역을 향해 걸어갔다네」

# 화이트 홀딩바움

　어두운 밤, 껌팔이 아이가 껌 통을 건 목을 움츠리고 배에 댄 타이어를 밀며 눈길을 느릿느릿 기어간다. 때에 절은 외투 아래부터 넝마처럼 늘어져 있는 빈 바짓자락에서 눈 녹은 검은 물이 흘러나온다. 마주 오던 취객이 낄낄거리며 아이의 껌 통을 차는 시늉을 하다가 미끄러져 넘어지더니 그대로 뻗어서는 잠시 후 코를 골기 시작한다. 아이의 손이 재빠르게 그의 주머니를 뒤진다.

　껌팔이 아이는 모퉁이를 돌아 헌책방이 있는 좁은 골목으로 접어든다. 흩날리는 눈가루가 인적 없는 골목의 정적을 흐릿하게 드러낸다. 헌책방 앞에서 아이는 껌 통을 벗어 바닥에 내려놓는다. 그가 일어서자 숨겨져 있던 다리가 드러난다. 타이어가 바닥에 떨어진다. 구름이 열리면서 키가 크고 야윈 사내의 모습이 달빛에 비스듬히 드러난다. 안을 살

피러 다가간 유리창에 중년에 가까워 보이는 늙고 주름진 그의 얼굴이 비친다.

퀴퀴한 냄새가 풍기는 책장들을 지나 그는 책더미에 파묻혀 있는 작은 책상에 코를 박고 잠들어 있는 헌책방 주인의 구부정한 등을 내려다본다. 「이 늙은이는 언제나 자고 있군」 사내는 몇 달 전 자신이 다른 책 뒤에 숨겨둔, 먼지로 뒤덮인 갈색 표지의 화집이 있는 곳으로 걸어간다. 창으로 스며드는 달빛이 사내의 파르스름한 손등을 비춘다. 사내는 접어둔 페이지를 펼쳐 그림 옆에 적힌 해설을 눈으로 읽어 내려간다.

〈변신하는 거리〉, 90×119.5cm, oil on canvas

화이트 홀딩바움의 초기 대표작이다. 잘 알려져

있듯이, 화이트 홀딩바움은 상이한 두 힘이 교대로 화폭을 장악하는 독특한 '두 겹 그림' 기법을 발명했다. 이른바 '검은 무無와 흰 무의 교대'를 보여주는 그의 초기작들은 빛/어둠, 시간/공간, 소리/빛깔, 순간/영원 등의 이원적 역동성을 구현하는 데 천착했다.

이 작품에서는 시간의 두 계열이 교대로 화면 전체를 지배한다. 그림을 바라보는 자의 위치와 감정 상태 등에 따라서 화폭에 나타나는 최초의 시간이 결정된다. 가령 당신이 평온한 심리 상태에서 이 그림을 일 미터 이상 떨어진 곳에서 의자에 앉아 바라본다면 아마도 당신의 눈에 먼저 들어오는 것은 그림 속 거리를 메우고 있는 군중을 중심으로 확산하는 푸르고 어두운 색채로 묘사된 자정의 시간일 것이다. 그 시간은 일정 기간 지속하다가 두 번째 계열의 시간, 즉 군중 위로 퍼붓는 희고 차가운 눈의 시간으로 변모한다.

첫 번째 계열의 시간이 작동할 때 화폭은 어둡고 푸른 색채로 진동하면서 색감의 미묘한 변화를 통해 기이한 운동성의 효과를 불러일으킨다. 이에 따라 거리의 군중은 서서히 윤곽을 지워가면서 무의식의 심연에서 울려오는 검은 중얼거림처럼 거리 위를 꿈틀거리기 시작한다. 화면의 수평 구도 전체를 점유하는 이와 같은 '검은 무'의 이글거림을 화이트 홀딩바움은 '자정의 시간'이라 명명했다. 이러한 이글거림은 군중을 이루는 개별 대상들의 표정과 동작이 그림을 보는 이의 눈에 들어오기 시작하면서 점차 약화되고, 그것에 비례하여, 거리의 어둠과 가로등의 어둑어둑한 불빛과 군중이 쓰고 있는 검은 모자 위로 희끗거리는 눈발들의 흰빛이 점차 두드러지기 시작한다. 화면의 수직 구도를 지배하는, 화이트 홀딩바움이 '눈의 시간'이라 명명한 바 있는 두 번째 계열의 시간이 작동하기 시작하는 것이다.

눈의 흰빛은 서서히 거리의 검은빛을 잠식해가다가 어느 순간 화폭 전체를 백색의 폭포로 뒤덮는다. 그러나 이러한 백색의 폭포 속에는 점점이 떨어지는 무수한 눈발의 개별적 운동성이 그대로 보존되어 있는데, 관객이 이 개별적 운동성에 집중할 때 눈발 사이의 틈이 벌어지면서 다시 푸른빛이, 다시 말해서 첫 번째 계열의 시간이 재작동하기 시작한다. 이런 식으로 두 계열의 시간, 두 계열의 이글거리는 힘이, 요컨대 검은 무와 흰 무가 끊임없이 으르렁거리며 교대로 화면을 장악한다.

화이트 홀딩바움은 그가 별안간 세상에서 종적을

감추기 전까지, 약 십 년의 기간에 이르는 후기 작업에서 검은 무와 흰 무의 이원적 운동성이라는 미학적 방법론을 폐기한다. 계열들의 경계가 붕괴하면서 운동성은 점차 자취를 감추고, 운동성이 사라진 곳을 텅 빈 잿빛의 무가 채우는 것으로 보인다. 일부 비평가와 동료 화가 들은 이러한 그의 후기 작업을 예술가로서의 점진적 자살 과정에 다름 아닌 것으로 평가한다. '두 겹 그림'에 내재한 신비주의적 비전을 일종의 초월론적 가상假像이라고 비판하면서, 그의 이후 작업은 불가능한 것을 꿈꾼 가련한 이상주의자에게 예정되어 있던 당연한 파국이었다고 비아냥거린 화가 압둘 키리한이 대표적이다. 압둘 키리한은 오직 검은 무의 추구만이 생의 심연을 꿰뚫는 참된 진리를 산출할 수 있다고 보았다. 그러나 이러한 주장에 대하여, 이원론적 운동성의 파기는 화이트 홀딩바움의 미학적 성숙에 따른 참된 초월론적 이행의 징표라는 주장이 대립한다. 이에 대해서는 그의 후기 대표작 〈요나〉(p.187)를 다루면서 별도로 논의하기로 한다.

「엉터리들 같으니」 화집을 덮으며 사내는 코웃음 친다. 「압둘 키리한은 화이트 홀딩바움의 진짜 그림을 본 적도 없어. 오직 나만이 그의 작업이 제대로인지 아닌지 알 수 있지. 그의 진정한 작품들은 나의 꿈속에만 존재하니까」 사내는 외투 속에 화집을 쑤셔 넣고 헌책방 주인의 책상 쪽을 흘깃 돌아본 뒤 문을 나선다. 달빛이 문 앞에 선 사내의 오만하고 섬세해 보이는 이목구비를 비춘다. 그는 껌 통을 목에 걸고, 타이어 위로 몸을 누인 다음 다시 기어가기 시작한다.

# 까마귀의 밤

헌책방 구석 책 더미 속에 파묻혀 있는 작은 책상에 코를 박고 잠들어 있던 백발의 노인이 퍼뜩 깨어나 고개를 들어올린다. 문 닫을 시간이야. 노인의 왼쪽 눈이 소리친다. 벌써 어두워졌군. 노인이 입가의 침을 닦으며 중얼거린다. 문 닫을 시간이라고. 알아. 노인이 대답한다. 노인은 의자에서 일어나 침침한 조명 아래, 퀴퀴한 냄새를 풍기는 책장들 사이로 난 비좁은 통로를 걸어간다. 영업시간이 끝났으니 내일 다시 오시오! 노인의 목소리가 텅 빈 공간에 메아리친다.

노인은 산발한 머리를 갸우뚱하며 오른쪽 눈이 깨어나길 기다린다. 일어나, 게으름뱅이야! 노인은 잔나비가 춤을 추듯 몸을 앞뒤로 건들거리며 자신의 책상으로 돌아간다. 노인은 책상 위에 놓인 원고 뭉치를 내려다본다. 노인은 원고를 집어 든다. 밤 길 걷는 사람. 노인이 제목을 중얼거린다. 누가 쓴 거지? 네가 썼잖아. 왼쪽 눈이 말한다. 네가 잠들어 있는 동안. 내가 잤다고? 그럼 누가 가게에 불을 켰 지? 노인은 원고를 들고서 창가로 다가간다. 말해 봐, 내가 지금도 자고 있어? 노인이 왼쪽 눈에게 묻 는다. 오른쪽 눈이 기지개를 켜며 창밖을 바라본다. 어두운 가로등 불빛 속으로 소리 없이 눈이 내리고 있다.

지금이 오늘인지 어제인지 알 수가 없군. 가게 안엔 언제나 아무도 없고, 창밖에선 언제나 눈이 내 리고 있으니 말이야. 지금이 오늘일까 어제일까? 지금은 언제나 오늘이지, 이 노망난 늙은이야. 왼쪽 눈이 말한다. 너도 그렇게 생각해? 노인이 오른쪽 눈에게 묻는다. 오른쪽 눈은 말이 없다. 노인은 오른쪽 눈을 몇 번 꿈쩍거려본다. 노인은 실내의 조명을 끈다. 간판 불을 켜두었던가? 문 앞에 서서 노인은 문을 열고 나가볼지 잠시 생각하다가 다시 꾸벅꾸벅 졸기 시작한다. 왼쪽 눈이 서서히 내려오는 노인의 눈꺼풀 뒤에서 까마귀처럼 선회한다. 오른쪽 눈이 꿈의 안개 속에서 검게 웅크린다. 먼지 낀 창문으로 쏟아져 들어오는 가로등 불빛이 노인의 구부정한 어깨 위로 점점이 떨어지는 눈발의 그림자를 드리운다.

홈칫 몸을 떨며 노인이 깨어난다. 집에 가야지. 노인은 자신의 책상으로 걸어가 서류가방에 원고를 쑤셔 넣고 검은 모자를 머리에 쓴다. 노인이 의자에 몸을 기댄다. 노인은 머리를 갸웃거리며 귀 기울인다. 내 집이 어디지? 노인이 왼쪽 눈에게 묻는다. 왼쪽 눈이 메마른 웃음을 터뜨린다. 노인의 눈이 서서히 감긴다. 오른쪽 눈이 눈꺼풀 틈으로 창밖의 불빛을 응시한다.

# 밤길 걷는 사람

눈을 뜨면 똑같은 밤. 똑같은 망각. 가끔 머리를 긁기 위해 내 손이 들어 올리는 똑같은 검은 모자. 내 손에 들린 낡은 가방. 매번 새로 시작되는 똑같은 밤. 처음에는 뭉개진 얼룩처럼 보이다가 곧 또렷해지는 광장 시계탑의 둥그스름한 문자반 불빛 아래 서서, 내 삶은 누군가의 꿈인지도 모른다는 매번 새로 시작되고 매번 똑같은 의심. 그러니까 누군가가 나를 꿈꾸고 나를 걷게 하는지도 모른다는 매번 똑같고 매번 새로 시작되는 의심. 가령 그가 꿈 밖의 나일지도 모른다는, 그가 잠들어 있는 동안 내가 걷고 내가 잠들어 있는 동안 그가 걷는지도 모른다는. 그런 다음 닫힌 눈꺼풀 아래서 꿈에 젖어 느리게 움직이며 나를 바라보고 있을 누군가의 눈동자의 골똘함을 가늠해보려는 시도. 똑같은 광장의 어둠을 가로질러 똑같은 교차로 앞에 멈춰 서서 매번 똑같이 골몰하기. 그런 다음 똑같은 피로. 매번 똑같은 새로운 망각.

　나는 내가 가야 할 곳을 향해 걷는다. 내가 기억하기로 내가 돌아가야 할 곳. 내가 기억하기로 매번 똑같은 거리의 헌책방. 꿈에 젖어 느리게 움직이는 누군가의 눈동자가 내게 걷도록 명령하기에. 그리로 가라고. 어쩌면 나인지도 모르는 누군가. 그러므로 매번 똑같은 광장 앞에서 출발하기. 매번 새로운 밤에 똑같이 눈 뜬 다음 그리로 가라고 나 자신에게 명령하기. 그런 다음 그곳에서 끝내기. 내가 기억하기로 내가 끝내러 가야 할 곳이 그곳이기에. 수십 년인지 수백 년인지 모를 세월 동안 매번 새로 시작되는 똑같은 하룻밤. 매번 새로운 망각, 똑같은 피로 속에서 한평생. 똑같은 백발의 머리. 똑같이 구부정한 내 그림자. 나는 걷는다. 진눈깨비 자욱한 도로를 가르는 전차 불빛들. 전차 난간에 서서 소리 질러대는 매번 똑같은 저 술 취한 사내들. 똑같은 유곽 골목에서 번져오는 똑같은 새벽의 중얼거림. 내가 기억하기로 앞으로 건너야 할 두 개의 교차로. 그런 다음 뒷골목으로 접어들기. 그곳에 정차한 버스에 오르기. 밤은 아름답구나. 진눈깨비 그치고 못 보던 달이 잔나비처럼 운다.

눈 감으면 똑같은 망각. 꾸벅꾸벅 졸기 시작하기. 버스에 타면 어김없이 졸음이 몰려오기에. 차창에 기댄 백발의 머리. 황량한 8차선 도로의 영원한 지속 속에서. 서리 낀 차창에 기대어 꾸벅꾸벅 조는 백발의 머리. 그런 다음 눈 뜨면 똑같은 망각. 매번 똑같이 시작되는 터널의 어둠을 지나. 눈 뜨면 매번 똑같은 네온사인 불빛에 젖기. 버스가 멈추면 눈 뜨기. 버스 문이 열리면 내리기. 눈 덮인 고요한 거리. 그런 다음 가방 안에서 속삭이는 열쇠를 꺼내기. 매번 똑같은 간판 불 앞에서. 익숙한 걸음으로 유령처럼 희미하게 빛나는 책장들의 미로 속을 걷기. 그런 다음 책 무더기 속에 파묻힌 나의 작은 책상 앞에 앉기. 까마귀의 밤이라는 제목이 붙은 원고 뭉치. 모자를 벗으면 그 위로 드리우는 백발의 그림자. 그런 다음 밀려오는 거대한 잠을 지켜보기. 그러나 눈 뜨면 똑같은 망각. 매번 똑같이 밀려오는 하얀 밤의 거대함을 얼마간 노려보기. 어떤 바다. 그리고 그 하얗게 굽이치는 물결의 웃음소리 속에서 마지막으로 내 의식의 소멸을 바라보기.

## 굴뚝의 기사

새벽
도시의 잿빛이 옮겨 가는 소리

허공은 나의 당나귀
주둥이 내밀어 냄새 맡는다

내 머리를 내 머리가 아닌
머리들을

나는 기어오른다
다리 밑 졸졸거리는 폐수 위로
사람들 그림자 하나둘 스쳐 지날 때

어두운 철탑의 소리
굴뚝 안으로 내 죽음의 쥐 떼가

파고드는 소리

그리고 일제히 공장 천장에 켜지는
형광등의 깜박임들

## 카페의 밤


카페 테이블들. 웅성거리는 죽은 머리들. 유리창에 흘러내리는 죽은 불빛들. 카페 문이 열리고 후드티를 입은 소녀가 안으로 들어선다. 꽃다발을 들고. 죽은 머리. 죽은 꽃다발. 죽은 그림자가 소녀의 발치에서 속삭인다. 죽은 머리들이 소녀를 바라본다. 음악 소리가 소녀의 시야를 황량하게 그리고 넓게 만들고 있었다. 소녀가 카운터로 걸어간다. 소녀의 손에서 꽃잎 하나둘 떨어진다. 꿈꾸는 듯이. 미소 짓듯이, 미소 짓듯이. 소녀는 유리창에 비친 자신을 바라보다가 모자를 내려 자신의 죽은 머리채를 검고 풍성하게 드러낸다. 죽은 머리들이 유리창 속의 소녀를 바라본다. 죽은 새벽의 죽은 첫차를 기다리는 시간. 높고 어둑한 천장. 조명으로 메마르게 밝혀진 바닥. 웅성거림. 가늘게 떠는 죽은 꽃잎들.

## 마감일

어느 겨울 밤, 사무실로 들어선 나의 흡혈귀 소설가 친구는 원고 뭉치를 탁자에 내려놓고는 소파에 주저앉아 충혈된 잿빛 눈을 몇 번 끔적거리며 이렇게 말했다.

「이상하게도, 이 도시의 모든 굴뚝 안에는 굴뚝의 기사가 있어」

「제법 이상하지만, 그게 자네의 존재 이상으로 이상한 건 아니지」 내가 말했다.

「이 사무실 굴뚝에도 뭔가가 웅크리고 있는 것 같군」

「물론이네. 그래서 연기가 막힐 땐 저걸로 몇 번 연통을 두드려줘야 해」 나는 내 업무용 책상 옆에 기대어 놓은 쇠꼬챙이를 눈짓으로 가리켰다.

「하지만 내 생각에, 굴뚝의 기사는 이 세계의 균열을 가리키는 존재의 구멍, 이를테면 죽음 충동으로 기우는 내면의 병적 징후가 아닌가 싶네. 한마디로, 환영이라는 거지」

「어쨌거나 저놈으로 가끔 연통을 두드려서 굴뚝의 기사를 움직이게 하지 않으면 안 돼. 굴뚝이 막히면 재가 떨어져서 자네가 가져온 원고도 모두 엉망이 돼버릴걸」

나는 난로 위의 주전자를 기울여 뜨거운 물을 컵에 받는다.

「사무실에 혼자 남아 있을 땐 가끔 그와 대화를 나누기도 한다네. 보통은 내가 말하고, 그가 듣지. 내 말을 듣고 있다는 표시로 그가 가끔 쿵쿵, 굴뚝을 두드려 소리를 내주거든」

「그렇다면 생각보다 배려심이 있는 환영이로군」 친구가 말했다.

「환영이라기보다는 차라리 어떤 목소리에 가깝

지」 잠시 생각한 뒤 나는 말을 이었다. 「이 도시의 모든 굴뚝은 소리 없는 비명의 형식을 지녔네. 솟아오르는 모든 것은 일종의 비명이지」

「비명은 이놈이 전문이야」 친구는 양복저고리 속에 웅크려 있는 박쥐를 슬쩍 보여주며 눈을 찡긋해 보이고는 자리에서 일어섰다.

「사실을 말하자면」 나는 문을 나서는 친구의 양복 주머니에 원고료가 든 봉투를 찔러 넣으며 덧붙였다. 「난 굴뚝의 기사와 자네가 다른 존재라고는 생각지 않는다네」

「나도 그렇게 생각하네」

「그 망할, 자네의 박쥐도」

# 회전

    집을 옮겨온 지 한 달 만에 사내는 허름한 상가 건물 꼭대기 층에 자리 잡은 자신의 방이 날마다 조금씩 회전하고 있음을 깨달았다. 처음 얼마간은 자신의 머리가 이상해진 게 아닐까 불안해했다. 이게 다 야간작업 때 들이마시는 연기 때문이야, 사내는 생각했다. 그렇더라도 출근하기 위해 문을 나설 때마다 아래로 내려가는 계단 위치를 착각한다는 것은 있을 수 없는 일이었다. 늦은 밤 지친 몸을 이끌고 돌아와 침대에 몸을 누이면 사내는 어김없이 반복되는 악몽에 시달렸다. 어둠 속에서 무섭게 돌아가는 거대한 톱니바퀴 틈에 끼어 으깨어지는 꿈이었다.

    사내는 이른 아침부터 작열하는 여름의 열기 속에서 땀으로 범벅이 된 채 간신히 무거운 잠을 밀쳐내고서 침대 위로 몸을 일으키곤 했다. 창을 열고 담배를 피울 때면 어김없이 공장지대에서 피어오르는 뿌연 연기 기둥이 그의 얼굴에 누런 그림자를 드리웠고, 멀리 언덕을 이룬 쓰레기 매립지 너머로는 철로를 감싸며 이어지는 검고 앙상한 숲지대가 가물거렸으며, 창문 왼편으로는 잿빛 철근 더미를 느릿느릿 감아올리는 육중한 크레인 기둥이 시멘트 가루를 날리며 서 있었다. 그런데 빌어먹을, 그는 중얼거렸다, 날마다 조금씩, 모든 게 오른쪽으로 옮겨가 있었다. 그렇다, 오른쪽으로. 그의 방 오른편, 밖에서 바라보면 말라붙은 벌통의 검은 구멍을 연상시키는, 그의 방 창문의 오른편으로. 이제 연기 기둥은 창문 오른편에서 그림자를 지면에 길게 끌며 솟아오르고 있었다. 쓰레기 언덕 역시 오른편에 솟아 있었다. 크레인이 오른편으로 가 있었다. 대신 왼편으로는 그가 모르는 낯선 거리가 들어서 있었다. 이러한 변화는 한동안 별문제가 되지 않았다. 공장에 출근할 때 이용하는 통근 기차역을 그럭저럭 찾아갈 수 있었기 때문이다. 상가 건물을 나선 뒤 예전보다 오른쪽으로 방향을 잡아 골목을 이리저리 돌아가다 보면 찾을 수 있었다. 하지만 날이 갈수록 역은 멀어져 갔고, 그가 알고 있던 낯익은 골목들은 검은 담장으로 둘러싸인 복잡하게 얽힌 골목들로 대체되어 갔다. 공장에서 돌아와 자신의 방을 찾아오는 일도 어렵기는 마찬가지였다. 날이 저물고, 기차가 떠나고, 바람에 검은 숲이 흔들리고, 크레인 기둥이 멈추고, 멀리서 타오르는 쓰레기 태우는 불길을 바라보며, 그는 더듬더듬 걸어갔다. 검은 담장에 둘러싸인 채, 피로에 지쳐, 자신이 몇 시간이나 걸었는지, 심지어는 다음 출근시간까지 몇 시간이나 남았는지를 헤아리면서. 그러다가

문득 고개를 들면, 말라붙은 벌통의 검은 구멍 같은 그의 방 창문이, 멀리서 달빛에 번뜩이곤 하는 것이었다.

새벽녘, 사내는 상가 건물로 들어서서 천천히 비틀거리며 자신의 방으로 가는 계단을 오른다. 창이 어둠을 향해 열려 있다. 그는 창가로 다가가 담배를 물고서 검은 담장으로 이루어진 거대한 미로를 내려다본다. 새벽빛이 스며든다. 그리고 그 빛은, 빌어먹을, 그는 힘없이 중얼거린다, 오른편에서부터 다가온다. 천사의 투명한 날개처럼, 고요히, 아름답게, 담장과 담장 사이를 푸르스름하게 물들이며.

# 천사

　나직한, 창문을 두드리는 소리에 그녀는 잠에서 깨어났고, 누군가가 창밖에서 자신을 부르고 있음을 알았다. 엄습하는 고요 속에서 그녀는 홀린 듯 침대에서 일어나 창가로 다가갔다. 자신의 집이 아파트 10층에 위치해 있다는 사실은 그녀에게 떠오르지 않는다. 그녀가 창을 열고 뒤로 물러서자, 알몸의 사내가 얼음 무더기처럼 눈부신 냉기를 뿜으며 방 안으로 떨어졌다. 사내의 몸에서 엷은 김이 피어올랐다. 그녀는 바닥에 쓰러져 꿈틀거리는 사내의 양쪽 어깨에 돋아 있는, 축축하게 젖은 앙상한 날개가 펼쳐진 채 힘없이 퍼덕이는 것을 내려다보았다. 눈 녹은 검은 물이 지저분한 깃털 아래로 소리 없이 떨어지고 있었다.

　그녀는 말없이 침대 위에 앉아 있었다. 커피가

담긴 머그잔을 양손으로 감싸 쥐고서 사내는 창턱에 걸터앉아 바깥을 바라보았다. 간간이 눈가루가 유리창을 때리는 소리가 들렸다. 사내의 잿빛 눈동자가 자신에게로 옮겨 오자 그녀는 부르르 몸을 떨었다. 그녀는 불현듯 다가가 사내의 몸을 껴안고 싶다는 충동에 휩싸인다. 제 안에서 터져 나오려 하는, 비명인지 통곡인지 모를 소리를 그녀는 가까스로 억누른다.「하마터면 얼어 죽을 뻔했네. 혹시 담배 가진 거 있어?」그녀에게서 시선을 거두며 사내가 말했다.「걱정할 것 없어. 너는 곧 나를 잊게 될 테니까」

「너는 날 처음 본다고 생각하겠지만, 너는 날 잘 알고 있어」사내는 담배 연기를 내뿜으며 방 안을 천천히 둘러보았다.「예전에도 우린 여러 번 마주

쳤지. 하지만 넌 모두 잊어버렸어. 네가 잊어버린 다른 수많은 꿈처럼」「넌 누구지? 왜 나를 찾아온 거야?」 그녀가 속삭였다.

사내는 창을 열더니 한 손으로 창틀을 붙잡은 채 미소 지었다. 「지난겨울에도 넌 똑같이 물었었지. 내가 떠나고 나면 넌 곧 잠에 빠져들 거야. 모든 인간이 그렇게 해. 자신을 지키기 위해서, 자신도 모르게 그렇게 하는 거야」 사내의 등 뒤로 어둡게 날개가 펼쳐졌다. 「그러니까 그게 너의 잘못은 아니지」 사내는 담배를 창밖으로 던지고, 눈을 찡긋해 보인 다음 허공으로 몸을 떨어뜨렸다.

그녀는 창으로 다가가 어둠 속을 노려보았다. 전신주 불빛 아래로 눈가루가 은빛 실처럼 흩날리고 있었다. 그녀는 무거운 잿빛의 장막이 서서히 자신의 의식 위로 내려앉는 것을 느꼈다. 그녀는 서둘러 책상 위를 더듬어 백지를 펼치고 펜을 움켜쥐었고, 그 순간 모든 것을 기억해냈다. 그녀는 쓸쓸히 미소지었다. 그녀의 팔이 힘없이 아래로 내려뜨려진다. 의자에 몸을 기댄 채, 그녀는 가물거리는 의식 속에서 자신의 내면에 도사린 어떤 아득하고 눈부시게 타오르는 존재의 눈을 마주 보았다.

# 푸른 별

그들이 오고 있다고 사람들은 수군거렸다. 눈이 먼 아이는 잠이 왔다. 아이는 등받이 없는 의자 위에 앉아 식탁 위로 램프가 펼치는 어두운 원의 소리를 들었다. 식탁 위에 놓인 빵이 가늘게 떨리고 있었다. 아버지의 손이 곧 그것을 집어 들었고 아이는 그것이 아버지의 입속으로 들어가 흰빛으로 으깨어지는 소리를 들었다. 여인이 들창을 열었다. 아버지는 그녀가 아이의 어머니라고 했다. 아이는 꿈속에서 그녀의 얼굴을 보았다. 저녁 공기가 밀려들어왔다. 희고 텅 빈 공기. 아이의 눈에는 모든 게 하얗게 보였다. 아이는 바라보았다. 램프의 원이 어그러지는 소리. 검은 말발굽 소리가 식탁을 가늘게 떨리게 했다.

마을 사람들은 그들을 푸른 별이라고 불렀다. 그

들은 푸른 옷을 입었고 그들의 그림자는 창백한 푸른빛을 띠었다. 푸른 별들은 마을을 지배했고 마을은 그들이 약탈해온 것들로 유지됐다. 모두가 그들에게 협조했다. 모든 집들이 푸른 별들의 지하 비밀 통로로 연결되어 있었다. 푸른 별들은 사람들의 표정에 각인되어 있었다. 모두가 얼마간은 푸른 별이었다. 모두가 얼마간은 푸른 별의 입구였다.

　「온다, 온다」 아이가 더듬더듬 속삭였다. 「온다, 온다」 아버지가 아이의 뺨을 갈겼다. 「저 빌어먹을 눈깔」 아이의 동굴처럼 파인 잿빛 눈이 소리를 빨아들였고 그것은 아이의 몽상의 내벽에 부딪으며 아득히 되울려 왔다. 「눈깔, 눈깔」 아버지는 바닥의 판자문을 열었다. 여인이 벽에 기댄 채 바라보았다. 「꼼짝 말고 처박혀 있어」 아버지의 발이 아이를 걸어

찼다. 아이가 바닥의 구멍 속으로 떨어졌다.

푸른 별들이 왔다. 사람들은 어둠 속에서 귀 기울였다. 어둡고 위압적인 말발굽 소리. 푸른 별들이 한밤의 대로를 달렸다. 달빛을 짓이기며. 줄에 묶인 포로들을 질질 끌며. 모두가 푸른 별들에 귀 기울였다. 불 꺼진 방 안에서. 말들의 투레질 소리. 문 여닫는 소리. 횃불의 유황 냄새. 지하로 통하는 문이 열리는 소리. 횃불이 옮겨 가는 소리. 아이는 엉금엉금 기어 갔다. 판자문이 닫히는 소리. 푸른 별이 계단을 오르내리는 소리. 아이는 나아갔다. 푸른 별들의 그림자 밑으로. 푸른 별들의 어두운 박차 아래로.

아이의 잿빛 눈이 자꾸만 감겨 왔다. 아이는 하얗게 펼쳐진 허공 속에서 창백하게 타오르는 별을

보았다. 별. 속삭이는 별. 아이는 푸른 별들의 중심을 향해 기어가고 있었다. 붉은 미로. 뱀의 혀처럼 날름거리는 화염. 이글거리는 뼈. 아이는 계속 아래로 내려갔다. 지하의 열기 속으로. 검은 염소들이 줄에 매여 있었다. 벽에 그려진 염소의 눈이 아이를 응시했다. 아이는 우리에 갇힌 노예들 곁을 지났다. 붉은 솜털로 뒤덮인 벌거벗은 여인 곁을 지났다. 아이는 멀리 어둡고 축축한 불길이 타오르는 구덩이를 내려다보았다. 아이는 몸을 숨겼다. 구덩이 벽면에 사람의 그림자가 비쳤다. 아이는 보았다. 별. 도망치는 별. 염소 머리를 뒤집어쓴 한 사내가 우두커니 서서 어두운 불길을 응시하고 있었다.

## 굴뚝의 기사

뿌연 형광등 불빛. 머리 위로 살금살금 기어가는 소리. 서대경 씨는 쓰던 글을 멈추고 고개를 들어 천장을 노려본다. 천장의 벽지가 갈라지더니 머리 하나가 불쑥 나온다. 「혹시 꼬마 놈 하나 못 봤소?」 머리가 말한다. 「꼬마 놈이라니 누구 말이오?」 「굴뚝의 기사 말이오」 「당신은 누구요? 왜 굴뚝의 기사를 찾소?」 「옆방 사는 사람인데, 그놈이 또 내 담배를 훔쳐갔소. 천장에 구멍이 뚫린 걸 보니 형씨도 그놈한테 당했나보구려」 「그까짓 담배 없어진 걸로 남의 방에 함부로 머리를 들이밀어도 되는 거요?」 머리가 천천히 돌면서 방 안을 살핀다. 「그러니까 정말로 못 봤소?」 서대경 씨는 말없이 머리를 노려본다. 「그럼 담배 한 개비만 얻을 수 있소?」 서대경 씨가 책상 위의 책을 집어 치켜들자 머리는 구멍 속으로 냉큼 사라져버린다.

# 원고

　귀를 먹먹하게 하는 차고 검푸른 하늘, 군데군데 눈 무더기가 번득이는 황량하고 메마른 밤거리가 내다보이는 카페 창가에 앉아 서대경 씨는 얼굴을 찌푸린 채 테이블 위에 놓인 고요하고 냉혹하며 웅크린 짐승을 연상케 하는 시 원고를 내려다보고 있다. 서대경 씨는 원고를 읽은 뒤 본능적으로 그것이 자신의 시를 훨씬 능가하는 작품들임을 깨달았겠지만, 이를 애써 부정하려는 것처럼 자신 앞에 놓인 원고 뭉치의 미묘한 떨림을 한 손으로 눌러 고정시키면서, 마주 보고 앉은 나와 내 흡혈귀 소설가 친구 쪽으로 시선을 향한다.

　「그러니까 이걸, 이 시들을, 자네가 썼다고?」

　「말했다시피 내가 아니고, 요나라는 여자가 썼네」

　흡혈귀 소설가는 유리창으로 번져오는 검푸른 빛과 뒤섞여 경계가 뭉개져 보이는 서대경 씨의 경

직된 표정을 바라보며 말한다.

「하지만 요나는, 자네가 소설에 등장시킨 가공의 인물 아니었나? 실제로 요나라는 여자가 이 도시에 살고 있다는 말인가?」

「진실을 말하자면, 내가 그녀를 쓴 것이 아니라, 그녀가 나를 쓴 셈이지. 자네의 그 낡고 편협한 미적 감각으로는 끝끝내 요나를 마주할 수 없을 테지만 말일세」

「나도 알아. 자네야 늘 나를 엉터리 시인이라고 생각하지. 나 역시 자네를 과대망상에 시달리는 미치광이 글쟁이쯤으로 여기고 있으니 뭐, 피차일반이야. 하지만 이건 경우가 다르네. 다른 차원의, 존재론적 차원의 문제라고」

「자네 식대로 그 망할 존재론적 차원에서 말해보자면, 결국 자네도 나도 존재의 백지 위에 적히는 문장들, 그것도 끊임없이 수정되는 문장들에 불과할 뿐이지. 이 원고 속에 등장하는 자네와 나처럼 말이네」

「그녀가 나를 어떻게 알고 있나? 그녀가 나의 시집을 읽었나? 그렇다 해도 그녀가 나의 꿈속 도시 풍경을 정확하게 그려내고 있다는 점은 설명이 안 돼. 그것도 나보다, 나의 꿈보다 더 완벽하게 그려내고 있잖나. 마치 내가 써야 할 시들을, 내게 도래할 시들을, 그녀가 이미 누군가로부터 받아 적어둔 것처럼 말일세」

서대경 씨는 동의를 구하려는 듯 퀭한 눈을 내게로 향한다. 나는 말없이 싸늘히 식은 찻잔을 입으로 가져간다. 나는 요나의 모습을 떠올리면서, 실제로 그녀가 이 도시에 살고 있다는 것을 그에게 얘기해주는 것이 좋을지 나쁠지 생각해본다. 왜냐하면, 나

역시 그녀의 존재를 사실로 받아들이는 것이 나 자신에게 좋을지 나쁠지 알지 못하기 때문이다. 그들의 담당 편집자로서, 서대경 씨의 시가 갈수록 나빠지고 있다는 것을 내가 고백하지 않는 것처럼, 그리고 흡혈귀 소설가에게 그의 문장이 갈수록 요나를 닮아가고 있음을 내가 지적하지 않는 것처럼, 나는 그저 묵묵히 앉아 그들의 착란과 부재의 놀이를 지켜볼 뿐이다. 나는 단조로운 음성으로 대화를 이어가는 두 미치광이 작가를 번갈아 바라본다. 고개를 돌려 그들의 윤곽을 삼키는 검푸른 하늘을 본다. 귀를 먹먹케 하는 저 무명의 허공, 저 검고 광막한 필경사의 눈으로 내려다본다면, 지금 이 순간도 무심히 찢겨 나갈 또 한 장의 파르스름한 파지에 불과할 뿐이라는 생각을 천천히 떠올리면서.

# 출근

차량 문이 열릴 때마다 요나는 겨울의 흰빛이 밀려드는 것을 본다. 서류가방을 든 사무원들의 외투에서 햇빛에 반짝이는 마른 눈 냄새가 난다. 마주앉은 사내가 소리 없이 웃으며 자신의 손바닥에 고이는 빛을 본다. 전차가 노면선로를 벗어나 고가선로 위로 느릿느릿 상승한다. 요나는 하늘의 싸늘한 푸른빛이 차창을 채워가는 것을 본다. 전깃줄 그림자들이 전차 바닥에 드리운다. 요나는 눈을 감는다. 전차가 푸름으로 에워싸인다. 몸 떠는 짐승처럼 전차가 삐걱거린다. 요나는 눈을 감은 채 아래로 흘러가는 도시의 거리들을 본다. 눈 녹은 검은 물로 얼룩진 골목들. 사창가의 간판들. 망각들. 공장 지붕의 굴뚝들. 날아오르는 새들. 전차가 천천히 기울어지기 시작한다. 전차가 다시 노면선로로 진입한다. 요나는 눈을 뜨고 차창 밖으로 흘러가는 건물들을 본다. 사무원들이 일어서서 차량 문 앞으로 다가간다. 요나가 서류가방을 들고 일어선다. 전차가 노면의 얼음을 으스러뜨리며 멈춰 선다. 차량 문들이 일제히 열린다. 햇빛이 구름에 가려지면서 건물 그림자들이 거리를 음산하게 뒤덮는다. 요나는 잠시 걸음을 멈추고 긴 행렬을 이루며 앞서 걷는 사무원들이 건물들의 검은 구멍 속으로 제각기 삼켜지는 모습을 바라본다.

## 압생트

흡혈귀로 살아가는 건 피곤하다. 나처럼 사회성이 결여된 흡혈귀는 더욱 그렇다. 나는 인간의 피를 마시는 대신 박쥐를 길러 그것의 피를 마신다. 친구들은 이를 두고 도덕성을 갖춘 개념 있는 흡혈귀의 태도라 칭찬하지만 나는 그저 인간이 두려운 것뿐이다. 나는 소설을 쓴다. 소설을 써서 번 돈으로 박쥐를 사고 박쥐를 먹일 사료를 산다. 박쥐의 피는 검다. 나는 박쥐의 피에 취해 밤새 소설을 쓴다. 박쥐의 피는 거대한 밤을 부르고 나는 그 밤 속을 자유로이 날아다니는 박쥐가 된다. 나의 영혼은 비상한다. 말이 그렇다는 얘기다. 영혼이라니, 그런 건 없다. 나는 쓴다. 그리고 새벽빛이 비쳐 들 즈음이면 내 앞에 소설 한 편이 완성되어 있다.

낮에는 거리를 산책한다. 흡혈귀가 낮에는 잠을

잘 거라는 환상을 버리길 바란다. 나는 지난 삼백 년간 한 번도 잠을 자지 않았다. 새벽이 지나 아침이 찾아오면, 기진맥진한 채, 취기가 사라진 눈으로, 내가 누운 좁은 방 벽지 위로 일렁이는 햇빛을 물끄러미 바라본다. 어느 시인의 표현대로, '환멸의 습지에서 가끔 헤어나게 되면은 남다른 햇볕과 푸름이 자라고 있으므로'* 나는 서글픈 것인가? 그는 내가 동질감을 느끼는 몇 안 되는 흡혈귀 중 하나다. 그는 가난했다. 나 역시 그렇다. 나는 모자를 쓰고 집을 나선다. 내 눈에는 모든 게 흑백으로 보인다. 들은 바로는 개도 흑백만을 본다고 한다. 개는 흑백의 고독을 이해할 것인가? 하지만 개는 사회성이 결여된 흡혈귀와 달리 침울해 보이지 않는다. 무

* 김종삼, 「평범한 이야기」

엇보다 개에겐 꼬리가 있지 않은가? 꼬리는 언제나 그래, 그래, 그래라고 말하니까.

우울과 피해망상에 시달리는 나 같은 흡혈귀 작가에겐 꼬리 대신 데스마스크가 있다. 나는 걷는다. 걸으며 잿빛의 길을 본다. 잿빛으로 펄럭이는 가로수를 본다. 잿빛 자동차를, 잿빛 바람의 지나감을, 사람들의 잿빛 눈과 잿빛 목소리를 본다. 삼백 년 동안 잿빛만을 보아왔다. 삼백 년의 잿빛을 맨정신으로 견디는 건 쉬운 일이 아니다. 그래서 나는 소설을 쓴다. 잿빛을 잊기 위해 당신은 무엇을 하는가?

잿빛의 세상 속에서 박쥐의 피만이 검다. 박쥐의 피만이 푸르다. 박쥐의 피가 나의 언어다. 내가 당신들을 위해서 이 글을 쓰고 있다고 생각지는 말라. 꽤

종시계가 자정을 친다. 나는 백지 위로 열리는 황량한 영원을 보고 있다. 밤의 침묵이 백지를 가늘게 떨리게 한다. 천장에 매달린 박쥐들이 잠에서 깨어 찍찍거리기 시작한다. 피에 취한 박쥐들이 날개를 펼친다. 나는 잊는다. 나는 마시고, 나는 기다린다. 나의 데스마스크를 찢고 터져 나올 밤의 목소리를. 당신들은 나의 그것을 읽어라. 나의 원고를 사라. 그러면 내겐 얼마간의 돈이 생길 것이고, 그것으로 나는 나의 박쥐들을 먹여 살릴 수 있을 것이다.

# 발굴

청명한 겨울 하늘 아래 모든 것이 눈부시게 빛났다. 포클레인이 얼어붙은 땅속에 삽날을 박은 채 비스듬히 서 있었다. 허물어진 벽 사이로 사람들이 모여들었다. 인부 둘이 누군가를 구덩이 위로 끌어올리고 있었다. 더러운 외투를 걸친 작은 체구의 사내였다. 무언가 검은 것들이 외투에 들러붙어 꿈틀거리고 있었다. 고가철로 위로 기차가 맹렬한 속도로 지나가고 있었다. 바람이 불자 바닥에 누운 사내와 그를 둘러싼 사람들 위로 기차 그림자가 어둡게 나부꼈다. 인부들이 뒤로 주춤 물러섰다. 구경하던 여자들이 비명을 질렀다. 그것은 박쥐였다. 사내의 외투에 들러붙어 있던 박쥐들이 날카로운 울음을 터뜨리며 일제히 공중으로 날아올랐다. 제복 차림의 경찰들이 서둘러 사내 앞을 막아섰다. 나는 그들의 어깨 너머로 부서진 시멘트 잔해 속으로 뚫려 있는 구덩이를 바라보았다. 낡고 오래된 연립주택의 보일러실 크기만 한 구덩이 바닥에 더러운 담요와 식기들이 있었다. 앉은뱅이책상 위에 놓인 작은 램프가 구석에 쌓인 책더미를 흐리게 비추며 타오르고 있었다. 경찰들이 호각을 불었다. 인부들이 사내의 머리를 땅에 처박고 그의 손목을 밧줄로 감았다. 재개발지구지정 경축 문구가 박힌 현수막 아래로 검은 차량들이 사이렌을 울리며 잇달아 도착했다. 사람들이 핸드폰을 꺼내 들고 사진을 찍었다. 나는 경찰들에게 둘러싸여 호송 차량으로 끌려가는 사내의 머리통이 추위로 가득한 대기 속으로 천천히 얼음가루가 되어 흩날리는 모습을 바라보았다.

# 절단

내가 속한 작업조의 휴식시간을 알리는 벨이 울렸다. 나는 작업장 좁은 통로에 마련된 간이의자에 앉아 담배를 물었다. 작업장 안은 기계들로 가득했고 그것들이 뿜어대는 짙은 연기 사이로 가끔씩 동료들의 얼굴이 누런 얼룩처럼 나타났다. 나는 내 의수가 움켜쥐고 있는 종이컵 속의 검은 액체를 조심스럽게 내려다보고 있었다. 「담배 좀 주게」 연기 속에서 두 개의 손가락만이 남은 작업조 동료의 뭉툭한 손이 튀어나왔다. 나는 물고 있던 담배를 건네주고 호주머니에서 담뱃갑을 꺼내다가 바닥에 떨어뜨렸다. 연기 때문에 아무것도 보이지 않았다. 손으로 바닥을 더듬어보았지만 잡히는 것은 없었다. 나는 종이컵이 들린 의수를 떼어내어 통로 기둥에 고정시켜 놓은 다음 바닥에 엎드렸다.

통로 바닥은 기이하도록 고요했다. 그것은 잿빛 벽으로 둘러싸인 어두운 터널을 연상시켰다. 연기의 장막 너머로 희미하게 꿈틀거리는 기계들의 윤곽이 보였다. 나는 한 손으로 바닥을 쓸면서 간이의자에 앉아 있는 사내들의 다리 사이를 헤치며 조금씩 앞으로 나아갔다. 그때 기계와 기계 사이의 좁은 틈에서 거렁뱅이 차림의 낯선 소년이 바닥에 배를 질질 끌며 기어 나왔다. 소년의 두 다리는 절단되었는지 빈 바짓자락만이 바닥을 덮고 있었다. 「형씨, 한 푼만 적선합쇼」 「썩 꺼지지 못해」 그 순간 나는 그의 윗저고리 주머니에 꽂혀 있는 내 담뱃갑을 발견했다. 「도둑놈아!」 소년은 담뱃갑을 입에 물더니 두 손만으로도 놀랍도록 빠르게 뒷걸음치기 시작했다. 나는 바닥을 기는 것이 익숙지 않았고 한 팔만으로는 더더욱 그를 따라잡기가 힘들었다. 「늙은

팔병신 나리, 남은 팔 간수나 잘 하시지」 멀리서 소
년이 길게 담배 연기를 내뿜으며 낄낄거리고 있었
다. 순간 나는 기계들 사이에 도사린 어떤 형체들을
발견했다. 좁은 틈 안에서 몇 마리 검은 늑대들이
대가리를 치켜들고 인광을 번뜩이며 나를 쏘아보고
있었다. 나는 앞으로 기어갔다.

연기의 장막 위로 기계들의 느리고 무거운 진동
이 느껴졌다. 통로는 점점 더 넓고 어두워지는 것
같았다. 그리고 어느 순간부터인가 내 주위로 하나
둘 검은 중절모자를 쓴 사람들이 걸어 다니고 있음
을 깨달았다. 나는 천천히 일어섰다. 저 앞에서 내
담배를 훔쳐 간 소년이 사람들 틈을 비집고 들어가
사라지는 것이 보였다. 나는 사람들의 어깨를 밀치
며 뛰기 시작했다. 갈수록 인파가 늘어났다. 멀리

어둠 속에서 네온사인이 빛나고 있었다. 어디선가 기적 소리가 들렸다. 차단기가 내려가고 내 앞으로 기차가 맹렬한 속도로 지나가고 있었다. 나는 작업복 바지에 빈 소매를 쑤셔 넣은 채 모자 쓴 사람들 사이에 서 있었다. 차창 불빛이 차갑게 우리들의 얼굴 위로 쏟아졌다. 칠흑같이 어두운 허공 너머로 기계들의 느리고 무거운 진동이 계속되었다.

# 소멸

정체를 알 수 없는 소리에 캄캄한 잠을 향해 있던 그의 의식의 눈동자가 외부로 천천히 선회한다. 몽롱하게 열린 그의 의식의 눈꺼풀 사이로 쏟아지는 강렬한 백색의 빛. 이어서 서서히 커다랗게 열린 창의 테두리가 나타난다. 창의 내부는 흰 열기로 가득하다. 미묘하게 떨리는 듯한 선 하나가 창 내부의 중간을 수평으로 가로지르고 있다. 어디선가 뱃고동 소리가 들린다. 의식의 눈꺼풀이 몇 번 깜박이면서 가물거리는 그 선이 바다의 수평선임을 인식하게 한다.

조금 더 분명하게 들려오는 소리. 그의 의식의 눈동자가 다시 외부로 선회한다. 백색의 실내. 커다란 백색의 창. 얼마간 빛에 길들여진 그의 의식의 눈동자에 창가에 놓인 테이블과 테이블에 팔꿈치를 대고 두 손에 얼굴을 파묻은 채 앉아 있는 여인의 형태가 비로소 보인다. 흐느끼는 소리. 그녀는 흐느끼고 있는 것 같다. 그의 의식의 눈꺼풀이 몇 번 깜박인다. 창으로 밀려드는 흰빛의 열기가 그녀의 윤곽을 검게 강조한다. 그의 의식의 눈동자가 그녀의 얼굴을, 그녀의 두 손에 가려진 뺨에 얼룩진 눈물을 더듬는다. 「당신은 누구지?」 그의 입술이 달싹인다.

「결국 이곳이 마지막이야」

뱃고동 소리. 북적이는 인파의 소리. 창으로 밀려드는 여름의 열기에 휩싸여 처음에는 미약하게 이어서 점점 더 또렷하게 그녀의 눈이 속삭이는 소리가, 그의 의식의 눈동자에 들려온다. 「이곳이 마지막이야」 그녀가 속삭인다. 「이 흰빛이」

그녀가 창을 향해 천천히 얼굴을 돌린다. 그녀의 머리가 흰빛과 뒤섞인다.「난 살고 싶었어. 삶을. 삶이라고 부를 수 있는 어떤 것을. 하지만 난…… 난…… 태어난 적이 없었어. 이 흰빛과 마주치게 될 때마다, 난 깨달았어. 난 살아본 적이 없다는 것을」그녀의 손이 창 안의 백색을 몇 번 움키는 동작을 하다가 천천히 멈춘다.「난 줄곧 이 흰빛으로부터 도망쳐 왔어. 그리고 난 한 번도 이 흰빛을 떠난 적이 없었지. 난 오랫동안 쉬지 못했어. 꿈속에서 조차. 그리고 결국 이 흰빛이 내게 주어진 마지막이야」

그의 의식은 그녀의 눈이 흰빛에 젖어드는 소리를 듣는다. 그의 의식의 눈꺼풀이 다시 무겁게 내려앉는다. 내부에서 엄습하는 정적이 그의 의식의 눈동자를 서서히 캄캄한 잠의 안쪽으로 선회하게 한다. 어둠 속에서 그녀의 메마른 흐느낌이 이어진다. 「내가 널 불러낸 거야?」 그의 입술이 달싹인다.

　「너도 알고 있어. 너도 언젠가 이 흰빛에 이르게 되리란 걸」
　「그래」 그의 입술이 달싹인다. 「결국은 모두가 이곳에 이르게 되지…… 하지만 이 흰빛은 너의 것이야. 너만의 것…… 그리고 언젠가는…… 내게도 나의 것이 찾아오겠지」

　백색의 열기가 그가 누운 침대가 잠겨 있는 어둠의 경계를 일렁이게 한다. 그의 의식의 눈동자는 그의 잠이 점점 더 희어지는 것을 본다. 그의 의식의 눈동자가 내부의 흰빛에 파묻힌다. 그녀의 흐느낌이 멀어져 간다. 멀리, 바다의 굽이침. 빛의 웃음소리.

　그는 눈을 뜬다. 어둠에 잠긴 모텔 방의 실내. 그
는 침대에서 몸을 일으킨다. 그는 자신이 잠든 뒤로
몇 시간이 흘렀는지 가늠해본다. 어두운 창밖으로
요란한 음악 소리가 들려온다. 테이블 의자는 비어
있다. 그는 담배를 물고 창으로 다가가 네온사인이
번쩍거리는 모텔 골목을 내려다본다.

## 요나

「당신의 시를 읽고 나니 난 더 이상 시를 쓸 이유가 없겠다는 생각이 들더군요」 서대경 씨는 커피 잔을 내려다보며 맞은편의 여인에게 말한다. 그들은 기차역 안에 위치한 간이매점 크기만 한 작은 카페에 앉아 있다. 카페 문에 달린 작은 종이 딸랑거릴 때마다 외부의 웅성거림이 잠시 섞여들다 곧 조용해진다. 서대경 씨는 가끔 그녀의 얼굴이 있는 쪽을 들여다보지만 협소한 실내를 가득 채우는 커피 머신에서 뿜어져 나오는 하얀 연기로 그것은 불투명하게 가려져 있다.

「하지만 당신은 알고 있을 텐데요. 당신의 문장이 나의 문장을 쓴다는 것을요」 그녀가 말한다. 「나는 당신이 존재하는지도 몰랐습니다. 어쩌다 친구를 통해 당신의 원고를 읽게 되었고, 곧 당신이 나보다 먼저 나를, 그러니까, 내가 쓰고자 하는 나의 시를 쓰고 있다는 걸 알게 되었지요. 내가 당신에 대해 쓰게 된 건 그때부터입니다」서대경 씨는 그녀가 테이블 위에 올려둔 새 원고의 첫 페이지를 다시 읽어본다. 그것은 차갑고 짙푸른 대기를 서서히 옅어지게 하면서 서대경 씨가 살아가는 도시의 겨울 저녁을, 이를테면 눈 녹은 물웅덩이 위로 점멸하는 네온사인 불빛과 광장을 가로지르는 전차의 경적소리를 드러내고 있었다. 그리고 이어지는 문장들은 도시 변두리 카페에 앉아 있는 서대경 씨와 그의 친구인 흡혈귀 소설가가 나누는 대화였다. 「난 오히려 당신의 문장이 내 문장을 쓰고 있는 게 아닌가 하는 생각이 드는군요」서대경 씨가 고개를 들고 쓸쓸히 웃으며 말한다.

　「물론 내 시에 당신을 등장시킨 건 사실이에요」 보이지 않는 그녀의 얼굴이 말한다. 「하지만 그걸

원한 건 바로 당신이었어요. 오늘 당신이 나를 만나길 원했던 것처럼요. 우리는 오늘 처음 만났지만, 당신은 이미 내가 당신을 찾아낼 거라는 걸 알고 있었지요. 이곳 기차역 카페의 문을 열고 당신이 앉아 있는 자리를 향해 내가 걸어오리라는 것을, 당신 앞에 내가 앉게 되리라는 것을요. 그리고 아마도 당신과 내가 만나는 것은 이번이 처음이자 마지막이 되겠지요. 당신은 모르고 있지만, 당신은 알고 있어요. 왜냐하면 당신은 지금 꿈을 꾸고 있고, 나는 지금 당신의 꿈속에 있으니까요」

카페 문에 달린 작은 종이 딸랑거린다. 서대경 씨는 손목에 찬 시계를 들여다본다. 「기차가 곧 도착하겠군요. 미안하지만, 난 지금 당신이 무슨 말을 하고 있는 건지 모르겠어요. 분명한 건 당신이 내가 쓰고 있는 원고를 모두 엉망으로 만들어놓았다는 겁니다. 당신의 시를 읽은 뒤부터 내가 쓰는 문장마다 당신의 웃음소리가 들립니다. 마치 당신의 그 웃음소리가 내 원고에 메울 길 없는 구멍들을 뚫어놓은 것 같단 말이지요. 하지만 솔직히 말하지요, 당신 말대로 내 문장이 당신의 문장을 쓰는 것이든, 당신의 문장이 내 문장을 쓰는 것이든, 그러니까 당신이 나를 쓰는 것이든 내가 당신을 쓰는 것이든, 그런 건 이제 내 알 바 아닙니다. 왜냐하면, 오래전부터 난 그 구멍들이 마음에 들었으니까요」

서대경 씨는 카페 유리창을 통해 인파에 섞여 기차역 출입구를 향해 멀어져가는 그녀의 뒷모습을 물끄러미 바라본다. 서대경 씨는 그녀가 남겨두고 떠난 원고를 다시 펼쳐 그녀의 문장들이 그려내는 도시의 얼어붙은 거리들을 본다. 광장 시계탑 아래 서 있는 그녀의 형체가 서서히 눈보라 속으로 사라져가는 것을. 그리고 달빛 깔린 헌책방 거리를 비틀대며 걸어가는 서대경 씨가 숨죽여 웃는 소리를. 서대경 씨는 원고를 덮는다. 기차의 경적 소리가 들려온다. 서대경 씨는 원고를 가방에 넣고 서둘러 자리에서 일어선다.

# 소도시의 가을

미지근한 바람 길게 불어가는 철길 깔린 골목의 차단기가 멀다. 담장 따라 플라타너스 그늘이 띄엄띄엄하다. 멈춰 선 화물열차 시멘트 포대 위에 가을 귀신들 앉아 있다. 마지막 열차 떠나고 외지에서 온 사내가 노을이 타는 언덕에 서 있다. 시내로 이어지는 다리 아래 날파리 떼 자욱하다. 강변 따라 늘어선 공장 앞마당의 악취. 기계 돌아가는 소리. 문이 열려 있는 작업장 내부의 어둠. 굴뚝 아래 웅크린 아이가 내려다본다. 철판에 불꽃 기둥을 쏘는 사내의 얼굴, 보호덮개 유리판에 물드는 푸른 섬광을.

## 가을 전차

　가을이 내 목을 조르는 듯하였다. 육교도 천변도 천변에 피어 있는 코스모스도 내 목을 조르는 듯하였다. 퇴근을 해도 갈 곳이 없는 나는 낡고 허름한 상가 골목을 쏘다니다가 양복 입은 흡혈귀 소설가와 마주쳐도, 백반집에서 혼자 밥 먹는 서대경 씨가 소리쳐 불러도 대답하지 않았다. 가을 햇살 부서져 내리는 고가도로 아래서, 가을 전차에 오르는 내 마음은 쓸쓸하기만 하였다. 하늘이 너무 파래요. 거리의 웃음이 너무 커요. 내 옆에 앉은 굴뚝의 기사가 자기 머리를 양손으로 붙들고 중얼거리는 동안에도, 종을 딸랑이며, 빨랫줄에 걸린 색색의 옷들 단풍처럼 나부끼는 좁은 골목을 가을 전차가 달려가는 동안에도, 내 마음은 몹시 아득하기만 하였다. 나는 답답한 가을 넥타이 풀어헤치고, 철공소 앞 가을 바다 넘실대는 골목 끄트머리에 그냥 내려버린다.

이곳에 언제 바다가 생겼지, 플라스틱 바구니에 든 생선에 소금 뿌려 박박 문지르던 시장 아줌마가 한 삼사 년 됐어요, 말해주었지만, 편의점 앞 파라솔 의자 다리에 철썩이는 파도 우두커니 바라보는 동안에도, 가을은 그저 내 목을 조르는 듯하였다. 퇴근을 해도 갈 곳이 없는 나는 가방을 바다에 던져버린다. 바닷물 철벅이며 바삐 오가는 사무원들 바라다보이는 언덕바지에, 햇볕 따사로운 가을 닭장 곁에 나는 앉아버린다.

# 겨울 전당포

이를테면 겨울 전당포의 문장으로 시작하기. 황량하게 뻗어가는 산업도로의 열린 창문으로 상상력의 엄정한 비명 속에서 현실을 째려보기. 흡뜬 눈에 늦된 머리로. 이곳이 아니기 위한 망각들과 저곳이 아니기 위한 다발성 두통들. 또는 기차역 광장 시계탑 아래 옹기종기 모인 실어증과 추위로 곱은 손가락들. 이를테면 자유간접화법의 새벽에. 겨울 전차들 오가는 시내 카페 온순하고 친절한 금치산자들을 비추는 침침한 조명 속에서. 또는 이곳이 아니기 위한 나그네 설움과 저곳이 아니기 위한 핏빛 산그늘들. 간결한 동어반복으로. 헐뜯는 구름과 가을 전어의 리듬으로. 구내식당의 장탄식으로. 마흔의 이력서에 드리운 우울과 다른 하늘 다른 바다 다른 백골단의 웃음과 수미상관의 신작로 떨어지는 벚꽃잎의 문장으로. 그런 것이 다시 끝내고자 하는 내면의 불호령이라면. 다시 시작하고자 하는 집념의 아뿔싸라면. 한 번 더 시작했다가 한 번 더 끝내기 위한 장물아비의 열린 결말이라면. 더구나 완전히 끝내기 위해 한 번 더 끝낸 다음 두 번 더 시작하는 비밀결사의 수줍은 알레고리라면. 일요일 저녁의 낙담과 식후 흡연의 리듬으로. 이곳이 아니기 위한 실패들과 저곳이 아니기 위한 선언들. 마침표와 다른 마침표들. 쉼표들. 꺾쇠들. 말줄임표들의 다발성 기침 속에서 현실을 째려보기. 홉뜬 눈에 늦된 머리로. 늦된 어린이로. 얼마나 좋은가 얼마나 좋은지, 소매치기 아이의 전차 갈아타기는. 다른 하늘 다른 바다 다른 여름으로. 이를테면 겨울 전당포의 문장으로. 겨울 햇볕 들치는 공인중개사무소의 따사로운 정오에.

# 눈 오는 밤

도로는 차들로 붐비고
극장 앞은 인파로 붐비고

오락실은 어린이들로 붐비고
그곳에 나는 서서

내 차례가
오기를 기다리며

자정이 지나도록
어린이들 뒤에 서서

형광등 불빛 흘러나오는 머리를
달고서 나는

## 소매치기들

전차가 터널을 빠져나오면서 드문드문 앉아 있는 승객들이 차창으로 쏟아져 들어오는 정오의 빛에 싸인다. 아까부터 소매치기 아이의 눈이 나를 응시하고 있음을 알고 있다. 좌석 등받이에 거의 눕듯이 기대어 있는 왜소한 체구, 반팔 티셔츠 밖으로 드러난 메마르고 창백한 팔, 창틀 위로 비스듬히 기울인 작은 머리통. 전차의 흔들림에 길든 눈빛은 지진이 훑고 지나간 여름 도시의 뒷골목처럼 환하고 고요하다.

어느덧 나는 중년의 나이가 되었지만 저 소매치기 아이와 나는 고아원에서 함께 자랐다. 그곳의 우리가 정확히 몇이었는지는 알 수 없다. 어린 내 눈에 그곳은 아득히 멀고 황량한 벽들로 에워싸인 끝없이 넓은 공간처럼 느껴졌다. 창문은 없었다. 천장

중앙에 듬성듬성 붙어 있는 형광등들의 침침한 불빛 아래 우리가 누운 철제 침대들이 양쪽 벽 끝까지 일정한 간격으로 도열해 있었다. 고아원장은 우리를 쥐새끼들이라고 불렀다. 복도에도 연통 밑에도 지하실로 내려가는 계단 위에도 얼굴 없는 우리가 있었다. 그리고 고아원이 불타던 밤, 우리는 공포에 질려 찍찍거리는 쥐 떼처럼 불길과 연기로부터 도망쳐 각자의 삶 속으로, 혹은 각자의 꿈속으로 흩어져갔다.

그날 밤의 기억은 확실치 않다. 문득 눈을 떴을 때, 침대들이 타오르고 있었고 그 위에 누운 몸들이 검게 오그라들고 있었다. 고아원장이, 혹은 우리 중 누군가가 지하실로 내려가는 문을 부쉈을 것이다. 아니면 누군가가 고아원장의 열쇠를 훔친 다음 그를 불길 속으로 떠밀어버렸는지도 모른다. 지하실의 비밀 통로는 도시의 하수도로 통했다. 우리는 칠흑같이 검고 축축한 어둠 속을 끝없이 걸었다. 하수도는 미로처럼 사방으로 뻗어 있었고 갈림길이 나타날 때마다 우리는 각자가 택한 구멍 속으로 하나둘 사라져갔다. 자꾸만 잠이 왔다. 꾸벅꾸벅 졸면서도 저 멀리서 어둠의 입술이 달싹이는 소리를 향해 걸었다. 눈을 떴을 때 나는 혼자 있었다. 천장에서 희미한 빛이 새어들고 있었다. 나는 그 아래 있는 철제 사다리를 타고 기어 올라갔다. 지상으로 올라오니 진눈깨비가 내리고 있었고 나는 어느새 내가 어른이 되어 있음을 알았다. 나는 내 몸을 내려다보았다. 내 목엔 넥타이가 매여 있었고, 내 손엔 서류가방이 들려 있었다. 잿빛의 인파 속에서 나는 출근하기 위해 서둘러 전차에 올라탔다.

오랜 세월이 흐른 지금도 고아원의 우리는 도시 곳곳에서 서로를 알아볼 수 있다. 누군가는 나와 비슷한 나이의 중년이 되어 있지만, 또 누군가는 노인이 되어 있다. 누군가는 작가가 되었고 누군가는 사무원이, 또 누군가는 요나가 되었다. 그러나 대부분은 나이를 전혀 먹지 않아 여전히 아이로 남아 있다. 그들은 부랑아가 되어 도시의 뒷골목을 떠돌거나 지금 내 앞에 앉아 있는 저 아이처럼 소매치기로 살아간다.

　　나는 읽고 있던 신문을 천천히 접어 서류가방에 넣은 뒤 아이를 향해 고개를 들어 올린다. 「오랜만이야, 꼬맹이」 그가 속삭인다. 「보다시피 이제 난 꼬맹이가 아니야」 내가 속삭인다. 「요즘은 재미가 어때?」 그는 싱긋 웃더니 혀를 내밀어 혓바닥에 붙은 면도날을 드러내 보인다. 「며칠 전에 요나를 만났어. 무슨 시를 쓴다던데, 우리에 대한 시 말이야. 허튼짓 말라고 했어. 너희는 우리를 몰라. 도시를 가로지르며 우리가 바라보는 세상은 골방에 틀어박혀서 네가 바라보는 세상과는 달라. 넌 책을 많이 읽었지. 넌 책이라는 잿빛 꿈속에 널 가뒀어. 그리고 그 꿈에서 깨어날 생각이 없지」「그래. 네가 이 전차의 꿈속에 널 가둔 것처럼 말이지」 내가 속삭인다. 「아니, 우린 꿈속에 갇혀 있지 않아. 전차를 갈아타듯이 꿈에서 꿈으로 옮겨 다닐 뿐이지. 우린 웃고, 떠돌고, 훔치고, 다른 하늘 아래서 깨어나. 그러니까 우린 꿈이고, 동시에 꿈이 아니지」

전차가 속도를 줄이며 서서히 역 안으로 들어서

고 있다. 나는 말없이 아이의 눈을 들여다본다. 그가 자리에서 일어서서 문 앞으로 다가선다.「꼬맹이, 난 널 잘 알아. 넌 한 번도 너의 꿈을 믿은 적도, 사랑한 적도 없지. 넌 자신이 이 삶과 무관하다고 생각해. 그래서 진짜로 살아본 적이 없는 거야. 넌 여전히 고아원의 잿빛 벽 속에 웅크린 겁먹은 어린애로 남아 있을 뿐이야. 반대로 우린 꿈속에서 삼백 살은 더 나이를 먹었지」전차가 멈추고 어디선가 호각 소리가 들려온다. 경찰들이 역 계단을 내려오는 게 보인다. 전차 문이 열리자 숨이 막힐 듯한 여름의 열기가 밀려든다. 나는 강한 햇빛에 눈을 찡그린 채 소매치기 아이가 플랫폼을 가로질러 건너편 선로를 향해 뛰어내리는 것을 지켜본다.

# 굴뚝의 기사

굴뚝에서 내려와, 꼬마야. 나와 함께 걷자. 하늘
에는 구름의 웃음. 하늘에는 무無. 굽이치는 무. 흔
들리는 잎사귀들. 미지근한 빗방울의 감촉. 기차의
지나감. 내 웃음의 지나감. 내려와 꼬마야. 하늘과
뒤섞이자. 나의 투구를 너에게 줄게. 나의 당나귀를
줄게. 하늘에는 영원. 나부끼는 바람의 길들. 나와
함께 걷자. 네 죽음은 거기 두고. 벚꽃 채찍을 줄게.
빗방울 박차를 줄게.

## 케이블카

산 아래 골짜기에 얼어붙은 기차가 모로 쓰러져 있다. 어두운 눈보라가 휘몰아치며 기차의 부서진 지붕을 흔들고 산의 검은 주름들을 꿈틀거리게 한다. 차창 구멍에서 박쥐들이 쏟아져 나온다. 솟구치는 박쥐들의 비명. 그러나 차디찬 달빛이 냉혹한 서리처럼 그 소리를 응결시키고 대기의 거대한 침묵 속으로 삼켜버린다. 산 중턱에는 얼어붙은 기차역. 불 켜진 플랫폼 의자에 소녀가 앉아 있다. 그녀의 무릎 위로 박쥐 한 마리 내려앉는다. 소녀의 머리가 있던 자리에, 작고 둥근 공 모양의, 균열하는, 은빛의, 속삭이는, 별이 천천히 회전하면서 그것을 바라본다. 플랫폼 위 공중으로 표시등을 깜박이며 케이블카가 지나간다. 박쥐의 날개가 별의 속삭임으로 물든다. 박쥐가 날개를 퍼덕이며 날아오른다.

케이블카 안에서 원숭이와 서대경 씨가 도시의 밤을 내려다보고 있다. 눈보라 치는 검은 야산들, 광장 시계탑을 중심으로 뻗어가는 도로들, 그리고 그 위를 기어가는 빛의 얼룩들이 서대경 씨의 어깨 위에 앉은 원숭이의 붉은 눈동자 위로 천천히 흘러간다.「이 도시는 끝없이 변신하고 있어」서대경 씨가 말한다.「밤마다 골목들이 자라고, 갈림길이 생겨나고, 거미줄처럼 얽혀 새로운 동네를 만들어내지. 홍등가가 있던 자리에 공장지대가 들어서고 도박장 골목은 버려진 변전소 터가 되어 있네. 매일 밤 상가 불빛이 옮겨가고, 막다른 길이 전차 선로가 되고, 공터마다 잿빛 철탑이 세워지고, 불면의 천장 위로 고가도로가 뻗어가고, 그리고 조금씩 위치를 바꾸는 저 검은 산들. 얼어붙은 기차들. 별의 소녀들. 저 모든 것이 내 의식의 실체를 변화시키고, 내 문장들을 휘게 하고, 내 시를 얼어붙게 하고, 소리 지르게 한다네」

「별의 소녀는 거미 여왕이기도 하지. 어릿광대가 비명이기도 하듯이. 자네가 쓰는 모든 시 속엔 그녀들이 숨어 있어. 그녀들이 자네를 쓰게 하는 거야」 바닥으로 내려서며 원숭이가 말한다.「하지만 자넨 거미 여왕과 별의 소녀 사이에서 아무것도 보려 하지 않지. 그녀를 변신케 하는 눈들의 광기, 자넨 그것만을 갈망할 뿐이지. 이제 난 자네의 악취미엔 질려버렸다네」

케이블카가 야산 꼭대기의 불 켜진 역 안으로 들어선다. 원숭이가 앞장서고 서대경 씨가 팔짱을 낀 채 따라 내린다. 창밖으로 눈보라가 휘몰아친다. 서대경 씨가 창으로 다가가 아래를 내려다본다. 원숭이가 서대경 씨의 어깨 위로 뛰어오른다. 서대경 씨는 나부끼는 나뭇가지들 사이로 저 멀리 보이는 얼어붙은 기차와 기차역 플랫폼의 침침한 불빛이, 그리고 공중을 맴도는 박쥐들의 검은 형체들이 서서히 눈보라 속으로 지워져 가는 것을 지켜본다.

PIN

047

# 원숭이와 나

서대경

에세이

# 원숭이와 나

『도덕경』을 읽다 보면 비 그친 여름 계곡의 어느 평상에 앉아 차를 달이는 노인과 그 곁에 앉아 있는 원숭이가 떠오른다. 원숭이가 도가적 상상력에 맞닿아 있는 동물이라서 그런 듯하다. 내게도 그런 원숭이 친구가 있다면 좋겠다.

*

원숭이를 잔나비라 부르기도 한다. 나는 잔나비라는 이름을 좋아한다. 이름의 유래가 어찌 되었건,

잔나비는 '춤추는 나비'의 느낌으로 다가온다. '잔'이라는 글자의 질감으로 인해, 잔나비는 내게 분열과 탈주를 통해 나비에 이르는 원숭이, 나비-되기의 역동성을 품은 원숭이로 느껴지는 것이다.

\*

나는 「가을밤」이라는 시에서 내 안에서 토해져 나온 원숭이를 그린 적이 있다. 「원숭이와 나」와 「케이블카」라는 시에도 원숭이가 등장한다.

나는 '나'를 원숭이라고 부르곤 한다. 이때의 '나'를 나로 여겨선 곤란하다. 다시 말해서 나를 나로 여겨선 곤란하다는 말이다. 무슨 말인가?

이른바 영혼이 어떻고 영원이 어떻고 하는 말들은, 들뢰즈의 표현을 빌리자면 '그냥 웃자고 하는 소리'일 뿐이다. 그것은 실사實辭가 아니라, 고정될 수 없고 분할될 수 없는, 유동하는 어떤 상태를 표현하기 위한 가면으로서의 어휘일 뿐이다. '나'라는 표현도 이와 비슷하다. 나는 나를 끊임없이 생각하고 표현하지만, 실제로 나는 나의 본래면목을 만나

본 적이 없다. 내가 표상하는 나는 내가 표상하는 원숭이와 근본적으로 다를 게 없다. 내가 나에 대해 뭘 알겠는가? 그런데도 나는 나를 나로 표상한다. 그렇다면 표상하는 주체로서의 나는? 그게 누군지 나는 알 길이 없다. 가면 뒤에는 가면이 있다. 그런 의미에서 나는 나라는 가면을 썼다 벗었다 하는 변검술사, 원숭이 광대에 지나지 않는다.

*

내가 주로 사용하는 두 개의 이메일 중 하나는 사용자 이름이 citymonkey다. 도시 원숭이. 다른 하나는 foodrobber. 밥도둑. 도시 원숭이의 우울. 밥을 도둑질하는 도시 원숭이의 비참.

*

나는 남들이 보기에 말수가 적은 편이다. 그런데 실제의 나는 끊임없이 나라는 원숭이에게 말을 한다. 이를 내면적 독백이라고들 한다. 그런데 독백이 아니다. 왜냐하면 원숭이는 엄연히 내 말에 귀 기울이는 청자로서, 다시 말해서 내 안의 타자로서, 내 발화에 영향을 끼치기 때문이다. 나의 말은 원숭이의 귀 기울임 속에서 진동하다가 내게로 되울려 온다. 원숭이는 내 말을 에워싼 정동affects의 대기와 같다. 공기가 빛을 굴절시키듯이 그것이 내 발화를 변화시킨다.

*

의식은 언제나 대자對自적이다. 다시 말해서 나는 언제나 나−원숭이의 이항관계 속에 있다.

그런데 두 항의 자리가 수시로 바뀐다. 특히 시를 쓸 때, 나는 내가 쓰는지 원숭이가 쓰는지 알 수 없다. 평상시의 나는 관성적으로 나를 기준점으로 세우고, 원숭이를 (베케트식으로 말해서) 나의 동반자 내지는 (들뢰즈식으로 말해서) 나의 애벌레 주체 따위로 표상한다. 하지만 시를 쓰는 동안에는 위상이 역전되곤 한다. 나는 느낀다. 원숭이가 말하기 시작할 때, 나는 그가 쓰고 있는 가면의 얄팍한 표면에 불과하다는 것을. 나라는 가면 뒤에서 들려오는 어떤 삶의 웃음소리를.

*

　원숭이라는 실제 동물, 또는 도가적 상상세계 속 이미지로서의 원숭이와 별개로, 내가 나를 원숭이라고 부를 때 내가 생각하는 원숭이는 대개 얼이 빠진 원숭이다. 대체로 나는 얼이 빠져 있는 게 사실이다. 얼이 빠져 있다 보니 내가 욕망하는 것이 대체로 내가 욕망하는 것이 아니다. 마찬가지로, 얼이 빠져 있다 보니 내가 쉬는 게 대체로 쉬는 게 아니다. 소진된 인간. 도시 원숭이의 우울. 왜 얼이 빠져 있을까 생각해보려 해도 얼이 빠져서 생각이 잘 되지 않는다. 무기력과 우울로 점철되었던, 직장생활을 하던 몇 년 전 퇴근하고 들른 카페에서 나-원숭이가 일기장에 끄적인 글은 다음과 같다.

　퇴근 후 카페에 앉아 책을 읽다가 고개를 들어 물끄러미 창밖을 바라보다 보면, 건널목이 있고 낡은 건물들이 서 있고 차들이 엇갈려 지나고 어둠이 내리고 사람들이 걸어가고 하는 그 사이로, 어두운 불빛을 매단 채 저편으로 뻗어 있는 크고 작은 길들이 도드라져 보이기도 한다. 그러다 보면 내가 오랫동안 알아온 저 낯익은 길들이 저마다 미지의 낯선 곳으로 한없이 뻗어갈 것을 생각하게도 된다. 말하자면, 저 길들은 한동안 내가 아는 길로서 뻗어나갈 것이고 내가 아는 모퉁이와 내가 아는 분기점을 지나쳐 갈 것이고 그러다가 어느 순간부터 내가 모르는 길이 되어갈 것이다. 그런 상상은 내게 어떤 아찔한 쓸쓸함을 느끼게 한다. 내가 아는 길과 모르는 길의 그 경계는 시간과 무시간의 경계처럼 아득하고, 나의 몽상 속에서 길은 기지既知와 미지의 경계를 통과하여 한없는 무명의 공간 속으로, 한 마리 밤짐승이 되어 내처 나아간다. 불안과 광기와 어두운 광채 속으로. 그리하여 그것은 어느 순간 도시의 모르는 벽들, 모르는 어둠에 에워싸인 채 허공으로 자신의 대가리를 치켜들기도 하리라. 황폐한 꿈의 공간 속에서 내가 내 존재의 검은 모자를 이마 위로 들어 올리듯이.

나는 고요하고 참혹한 기분으로 창밖의 길을 본다. 이 세계가 가망이 없음을 본다. 일기장에 적힌 나의 문장들이 이 병든 도시의 길들을 외롭고 황량하고 한없이 냉혹한 밤짐승들로 변신시키고 작동시켜 정처 없이 걸어가게 만드는 것을 본다. 서글픈 분노를. 무력한 시의 냉담한 저항을. 부동하는, 우글거리는, 내 안의 밤짐승들을.

여기까지 쓰고 나와 원숭이는 서로 마주 보았다. 창밖으로는 퇴근하는 회사원들이 분주히 오가고 있었다. 원숭이는 감상적이기 짝이 없는 형편없는 텍스트를 앞에 두고 있는 비평가의 눈으로 나를 보고 있었고 나는 그런 원숭이에게 비유적인 의미로 어깨를—정신의 어깨를—으쓱해 보였다.

*

시 안에서, 나–원숭이는, 나–원숭이의 이원성은 사라진다. 나는 한 마리 밤짐승이 된다. 나는 내가 알고 있는 나에서 모르는 나로 내처 나아간다. 내 얼굴에 씌워진 가면이 어느 순간 바뀌어 있다. 또는 더 이상 가면이라고 부를 수 없는 어떤 '머리'가 있다. 죽은 머리가. 죽은 머리는 내 안의 외부가 현전하는 사태다. 그리고 나는 나의 죽은 머리를 치켜듦으로써 나의 살아 있음을 비로소 실감한다.

*

쓰는 자의 의식에 대해 얘기해보자. 앞에서 나는 시 안에서 나-원숭이의 이원성이 사라진다고 했다. 그렇다면 시 밖에서는 어떤 일이 벌어지는가? 내가 사라진다. 대신 어떤 쓰는 자가 존재한다. 쓰는 자는 시 안에서 생성되는 가면 쓴 주체로서의 '나'를 본다. 이때의 나는 쓰는 자가 아니라 시의 역동적 발산과 수렴의 기준점으로서의 나, 대명사로서의 나일 뿐이다. 나로부터 떨어져 나온 나이자, 세계와 타자성과 접속하는 죽은 머리로서의 나이다.

쓰는 자는 기계다. 쓰는 자의 의식은 언어에 홀린 의식인 동시에 완벽하게 장악하고 구조화하려는 의식이다. 쓰려는 의지와 지워지려는 의지가, 접신자接神者의 중얼거림과 정밀한 논리의 톱니가, 받아쓰기와 선언하기가 한 몸을 이룬다.

또는 쓰는 자는 밤샘하는 자다. 하얀 밤. 시작도 끝도 없는. 의미의 영도에 들어설 때 백열白熱이 찾아온다. 작업 중인 의식은 희다. 그리고 거기엔 아무도 없다.

간명하게 말해서, 시는 나로부터의 탈주다. 시는 생성이고 변신이다. 시는 의미에서 비의미로 나아가는 운동이며, '나'에서 '나라고 부를 수 없음'으로 나아가는 여정이다. 그리하여 시는 세계의 다질성을 개방시킨다. 그럼으로써 시의 아름다움은 해석된 세계 속에서 살아가는 인간의 비참을 일깨운다. 아름다움은 얼빠진 도시 원숭이들을 할퀸다.

*

무협지-시를 쓰려 한 적이 있다. 실패하고 말았

지만. 제목은 '열세 번의 공중연속발차기'. 무협지스럽게 표현하자면 공중십삼연환퇴空中十三連環腿 정도 되겠다. 대략적인 내용은 이렇다. 자신의 부모를 살해한 절정고수에게 복수하기 위해 공중십삼연환퇴라는 무공비기를 익힌 한 청년이 객잔에서 원수와 대결한다. 때는 벚꽃이 흐드러지게 핀 봄. 청년의 다리가 원수를 겨냥하여 공중에서 아름답게 회전한다. 술자리에 좌정하고 있던 원수는 벼락처럼 솟아올라 검으로 청년의 허리를 베어 두 동강 낸다. 청년의 잘린 하반신은 여전히 공중에서 아름답게 회전하며 객잔의 들창을 부수고 날아가 바깥의 연못으로 떨어진다. 연못의 잔잔한 수면 위로 벚꽃 잎이 분분히 떨어진다.

공중에서 회전하는 다리의 춤. 그것이 내게는 잔나비의 춤이다.


내가 내 안의 나를 원숭이라고 부르는 데는 두 가지 이유가 있는 것 같다. 하나는 내가 생각하는 내가 내가 아님을 자각하고자 하는 이유에서다. 나

는 내 삶의 어릿광대다. 내 안의 원숭이는 나를 원
숭이라고 부른다. 우리는 두 마리 원숭이다.

　다른 하나는 내 안의 원숭이가 잔나비가 되어 훨
훨 날아가기를 바라는 은밀한 바람 때문이다. 시를
쓸 때면 내 안에서 일어서는 공중연속발차기들을,
햇빛 아득하게 부서지는 곳으로 바람에 실려 너울
너울 건너가는 한두 마리 나비들의 춤을 그려보게
되는 것이다.

# 굴뚝의 기사

지은이 서대경
펴낸이 김영정

초판 1쇄 펴낸날 2023년 7월 25일

펴낸곳 (주)현대문학
등록번호 제1-452호
주소 06532 서울시 서초구 신반포로 321(잠원동, 미래엔)
전화 02-2017-0280
팩스 02-516-5433
홈페이지 www.hdmh.co.kr

ISBN 979-11-6790-210-8 04810
ISBN 979-11-6790-138-5 (세트)

* 책값은 뒤표지에 있습니다.

## 현대문학 핀 시리즈 시인선